熊本少年
一個人的東京修業旅行

從謊言開始的旅程

「また、
必ず会おう」
と誰もが言った。

喜多川泰

偶然的相遇　許多的必然

發生在我身上的遭遇，卻全是走到山窮水盡時的偶然。

「哎呀，不管怎麼說，這真是一次很有意思的經驗呢。

現在的你，也許無暇去體會它的趣味，

不過，你現在所經歷的，一定會成為你人生中難忘的經驗。」

「我能在這段旅程中與你認識，是我的榮幸。」

「我說，兄弟。你的人生屬於你自己。
發生的一切你必須自己負責。不論你面對的是大人，還是老師，
若是為了得到你想要的東西，而對他們言聽計從，你就失去了自己。」
「然後，你就會把發生的事怪罪到別人身上，而不會反思自己。懂嗎？」

推薦序

台北市立圖書館館長　洪世昌

為圓謊而不得不去的東京之行，意外成為高中生生命意義探索的奇異旅程，藉由與紀念品店阿姨及兒子、美容院男店長、警官、卡車司機大叔與女兒、醫生、老人等平凡人物的相遇及互動，書中主角在五天之中瞬間成長，誠實、自由、勇敢的面對自己的生活，可以給青少年朋友很大的啟發；而主角母親對於兒子信賴與等待的表現，更值得為人父母者省思。

推薦序

中央大學認知神經科學研究所所長　洪蘭

英國哲學家史賓賽說過一句話，「因為做了壞事，所以必須說謊，因為說了謊，就會毫不在意的去做更多的壞事」，這句話適用在很多人身上，但是對本書男主角秋月和也就不適用。他沒有因為說了一個謊而去做更多的壞事，反而為了要圓這個謊，吃盡了苦頭。他流落他鄉時，一路上碰到了很多人，他與這些人的互動改變了彼此的人生。

有人說「現在的你與五年後的你，最大的差別來自你所遇見的人與你所讀過的書」。作者也說，「人生的成敗決定在你結識了什麼樣的人，這個人不一定是名人或精英，萍水相逢也會成為改變人生的轉機」，人生每一個偶然都是一個轉機，端看你怎麼去看待這個邂逅。秋月和也充分的利用了這個轉機，所以我們現在才有這本精彩的好書可看。

我在看時，非常能了解和也的心情，我們有時也會無緣無故去跟別人唱反調，故意講些不入耳、挑釁別人或潑冷水的話去討人厭。他就是因為說了曾經去過迪斯耐樂園的話，所以必須要去照張相，證明到此一遊。因為沒有趕上回家的班機，所以後面發展出一連串的故事。

從這裡，你會看到，和也其實是個很誠實的孩子，他沒像別人一樣硬拗，或是用電腦去合成一張相片來騙。誠實是美德，可以抵過很多過錯。我父親常說，「只要誠實，很多錯是可以被原諒的」，我兒子出國去念書時，我也對他講過同樣的話。其實，人哪有不犯錯的？誠實以對，這個錯就不會像滾雪球，越滾越大，到時候弄到不可收拾。

秋月和也的運氣很好，碰到一位好心的機場免稅商店的店員——田中小姐，帶他回家暫住一晚。她教他的那席話是所有學生都該牢記於心的。

的確，別人沒有義務要服侍你，你不能坐在那裡等人倒茶給你喝，你要自己學會看到事情，手伸出來幫忙做。秋月和也從幫忙別人中，感受到別人開心，因為別人開心，他自己也開心，這使他為了讓別人開心而更加努力，這是一個情緒的正向回饋，是人間最大的善的動力。他這個正向態度是他一路上化險為夷，得到別人幫助的最大原因，也是本書最值得看的地方。

台灣也有很多像秋月和也這樣的孩子，本性不壞，就是不懂事。即現在所謂的「白目」。我小時候，我母親訓練我們要「識相」，要懂得看大人的眼色，不等人開口，自己先把事做好。生為傳統大家庭中的女生，要爭取念書權，就得早早把所有家事做掉，使重男輕女的長輩沒有挑剔的地方。我母親罵人最重的一句話就是「不識相」。以我母親的標準來看，今天一半的年輕人都屬於不識相的人，但是秋月從和也的身上，我們也看到，他們不是不識相，而是從來沒有被人教過。因此所有的人情事故都不懂，根本不知道做客人應該怎麼做。這點現代的父母親要特別留意，為了孩子的前途，請多教他待人接物的道理，少叫他去念書，因為出社會後真正用到的是他的「做人」，即人格和情操。和也這孩子很受教，一教馬上會，而且立刻身體力行，我們希望每個孩子都能如此。

書中也有一些大人該檢討的地方，例如這孩子碰到塞車沒趕上飛機，已經不知今晚要睡在哪裡了，卻還不敢打電話回家。孩子為什麼這麼害怕大人責罵？愛因斯坦說：「不曾犯過錯的人表示他不曾嘗試過新的事物」，我們不要罵孩子犯錯，只要他不犯第二次錯就好了。人生有些經驗是親身去嘗試才有用，所謂「不經一事，不長一智」，大人在責罵孩子之前，請先想一想愛因斯坦的這句話。

我很喜歡這本書，因為它寓教於樂，說了教又沒讓你感到在說教，作者透過很多市井小民的嘴，教孩子應該怎麼做人。因為這些人物是我們在生活中天天碰到的，所以我們會認同他們，會被他們背後的故事所感動，因為感同身受，我們就不知不覺把他們的經驗內化成我們的了。相信看到田中昌美替他兒子買生日禮物的那一段，每一個人都會有這個衝動，想爬起來打電話回家給媽媽。細膩而感動的描述是這本書最成功的地方。

從這本書中，你會發現，這社會上還是好人多、壞人少，所有偶然的相逢真的都是人生的轉捩點。坊間適合國、高中生看的生命教育的書不多，這本書非常值得推薦。孩子一定要找到生命的意義，才會找到自己存在的價值，請好好的跟你的孩子享受閱讀的樂趣。

推薦序

偶然的必然

政大教育學院特聘教授　秦夢群

生命的洪流中，不少人覺得自己身陷困境，經常抱怨命運與身邊的一切。其未能了解人生豈能盡如人意，不完美本就是一種常態。如果苛求事事完美，將挫折視為洪水惡獸，定會對未來生活充滿恐懼，所衍生的後遺症就難以言辭形容了。

在本書中，少年為了一段免於恐懼的謊言，進而展開人生特殊的旅程。走著走著，他漸漸發現旅程中相遇之人都有其不完美之處，但卻因彼此間的互動，進而勇敢面對正視不完美，最後經由回饋而成長。此段旅程如人生般起伏轉折，但只要努力學習，最終卻會獲得寶貴的經驗。

多數人在面臨困境時，會像書中少年一樣，不知道人生下一步該往何處。畏懼未來的發展性，所有的可能即限於與未知的偶然。其實，人生的偶然往往即是必然。書中看似戲劇性的角色相遇，其實分別代表家庭、婚姻、子女、職業、與生命等議題。本書所要帶給讀者的，即在希望透過人生的偶然、逆境、與交會，重新檢視紅塵中的自我。

「眾裏尋他千百度，驀然回首，那人卻在燈火闌珊處」。如同書中所提到，人生的偶然其實就是一種必然。人往往不斷尋尋覓覓特定事物，卻在人生的某個時段，突然發現其就在身邊。關鍵就在我們是否有心去發現。

推薦序

親子作家 彭菊仙

少年郎和也認定自己走到山窮水盡，但在旁人看來根本是庸人自擾；但要從作繭自縛中覓到一線曙光，對當事人談何容易？和也繞了日本大半圈，回到問題的原點時才恍然大悟，原來只要他轉一個小念頭，輕描淡寫的自我解嘲一番，就能將罩頂的烏雲化為烏有！而故事的終點，他的確以此一派輕鬆脫離窘境，當初推敲再三的苦心布局，顯得荒謬而多餘！

然而，困坐愁城的局中人想要抽解心結，談何容易？和也必須耗盡一趟曲折難料的旅程，集結八次幸運的偶遇──八個濃縮為精采對話的人生版本，一一現身說法，才撼動得了他一小個艱難的轉變！

我們可能都如和也一樣，曾困坐在自築的愁城深處，不知不覺就把微不足道的小問題放大，大到占滿整個心房，大到整個世界都苦無出路。我們就跟著和也的腳步，一起踏上改變生命的旅程吧！

和也陸續與八位各有缺憾的平凡人物萍水相逢，當這些過客對他告解不堪的過往以尋求救贖之時，也毫不保留的將大半輩子才參透的人生智慧，一點一滴滲浸他的淳稚心靈！和也正處在焦躁憂慮的人生轉捩點，這些智慧對話是當頭棒喝也是預習未來的八帖處方。而當我們旁觀時，或許也能從中巧遇引我們豁然開朗的一扇任意門！讀者也是幸運的旅人，跟著和也，歡欣感動於一次次的茅塞頓開，當主角走出心靈困境時，我們不也回首，笑看從泥淖中脫身的狼狽的自己！

推薦序

好讀周報專欄作者　李欣澄（Alfa）

身為高一的我，每天在課業、社團與休閒之間不斷地尋找平衡，時間壓縮下看課外書成為生活中奢侈的享受。想趁著一節節的下課，抽空看完《從謊言開始的旅程》，豈知，翻了頭幾頁，就被作者喜多川泰誠懇的文筆吸引，上課鐘響了也沒有察覺，就這麼快意地把它讀完了呢！

書裡細膩描寫了許多動人的萍水相逢，儘管故事是虛構的，但人物間彼此真誠的對話卻能引起共鳴。也許因為班上正圍繞著一股「選類組」的氛圍；學校學姐也面臨選科系的抉擇，因此看到這些充滿能量的對話特別有感受。

「別戴上別人的眼鏡看世界，繼續這麼做的話，總有一天會覺得頭昏眼花、噁心想吐。多想想自己想要做什麼，自己想要的幸福是什麼？」可別以為這是一本充滿教條的書，閱讀它時我就好像主角，和相遇的人展開一場場的心靈對話。「比別人早一步動作，做個好幫手。」讓主角因此獲得很多信任和幫助，也更讓我體會到主動付出的快樂。

短短幾頁的小說，充滿了美麗、有力量的文字，就好像收到一份份的禮物，打開它，會得到許多驚喜。「世間上最美的尋寶，便是與人相遇」，一直把這句話當成座右銘，提醒自己要珍惜每個和人相遇的緣分。「所有看起來偶然的相逢，都是必然的」喜多川泰這麼詮釋相遇。如果主動出擊尋找相逢，或許能開拓更寬廣的人生。什麼是旅行？讓我們跟著高三的秋月和也一起去探索吧！

推薦序

好讀周報專欄作者　李欣恬（Beta）

一生總得要有幾次轟轟烈烈的旅行，人生的旅行是永遠不嫌少哇！別讓每次旅行的機會從我們的指縫間溜走。好罷，當讀書考試還是學生時代的重頭戲，暫且讓自己旅行在書本中，不行錯過這本《從謊言開始的旅程》，就讓主角高三的秋月和也帶我們去看、去聽、去活過。

旅行教他真正的快樂。「為什麼我是人類，所以會喜歡打掃別人家呢？」「人類，不對，可以說只有人類，喜歡看見別人開心的表情，為了它，人類願意付出一切。」秋月和也錯過原先回家的班機、花光了錢，開始當起借宿客的旅程……旅行是可以不花一毛錢的，不是死皮賴臉當個不付帳的無賴、不是沿街乞討，想要完成「零元旅行」的壯舉，只要「比別人早一步動作，做個好幫手。」借宿客也要有一定的品質喲。當我們悄悄地為別人服務時，幻想對方揚起的笑容，自己的愉悅也隨之醞釀著。

旅行使他明瞭「一期一會」的珍重以及生命中常視為理所當然的感謝。車站裡巧遇的好心婆婆、機場的熱情大叔……許多許多不同生命的相逢與相識，永遠沒有一刻是相同的，每個場景都將成為唯一，我們可以選擇靜靜地讓它流過，抑或選擇讓它成為絕響。也許我未曾覺察，生命中許多事物也許平凡、也許美麗，但都需要感謝的羽翼，使它飛得更高更熱烈。

《從謊言開始的旅程》故事節奏迅速，智慧小語不斷，就似人生旅途的美麗詮釋。旅行，最珍貴的是與一個個絕妙的生命相伴……。最後，將會引領我們去發現：「我的人生屬於我自己，發生的一切我必須自己負責！」

目錄

第一天　從謊言開始

不管你是笑還是哭，不管你後悔做過了什麼事，
或是對未來惶惶不安，
今天的事實都不會改變，所以才要隨遇而安。

我的名字叫做秋月和也。
自己說出來總覺得像在騙人。
更何況，我的自尊心很高，性格又彆扭，最討厭別人叫我騙子。
這兩件事重疊在一起，就是害我現在走到這步田地的原因。
而且，偏偏只有我一個人……

走出大門，我瞥了一眼手腕上的手錶。錶帶太鬆，在手上晃來晃去地讓人很不舒服。
現在正好五點，離七點五分的飛機，時間還很充裕吧。
我終於完成了自己的任務，結束了這懲罰遊戲般的一天，心情一鬆，不覺「呼」地嘆了口氣。
迪士尼樂園的大門外，儘管已近傍晚，但打算入內的情侶們依然排隊準備買票。會在這種時間離開的人，應該只有我一個人吧。

不只如此，恐怕這一整天單獨來到迪士尼樂園的人，也只有我一個人。

我本來還不覺得有什麼不對勁，直到購票櫃台的姊姊瞪大眼睛對我說：「您只需要一張票嗎？」雖然她立刻露出了笑容說：「祝您玩得愉快。」但剎那間，我打從心底裡後悔自己一個人來。沒錯，這裡並不是一個人來的場所。我告訴自己多少次了？……數不出來了。

最後，我只能一心想著「回家時間快點到」來打發時間，直到此刻。

盂蘭節已經過了，但直射而下的烈陽還是盛夏般熾熱。

在遊樂設施排隊的時候，熱得汗如雨下。汗水把衣服黏在皮膚上，增加了許多不舒服的感覺。沒有風，讓我好想從人潮產生的悶熱和汗味中逃出來。儘管如此，我前後的情侶或團體似乎沒有一絲不快，依然大聲談笑，這令我更加煩躁。

「請問有幾位？」每次聽到這個問題，我就立起一根食指，用幾乎聽不到的聲音說：「一位。」

不管搭上什麼設施，走到什麼地方，都不覺得好玩。我想，旅行最重要的並不是「去哪裡」，而是「跟誰一起去」吧。應該很少有人在迪士尼樂園玩得這麼索然無味吧。

這麼一想，連自己都覺得乏味，忍不住大笑起來。

對我來說，要在這人生地不熟的東京，搭電車到羽田機場去，實在有點膽怯。我對怎麼轉乘一點自信都沒有，還好從這裡有到羽田的直達公車，所以我便跳上那班公車。

車裡只有零零落落的乘客，我走到後面的位子坐下，手拄著車窗，從外圍眺望那個夢想與魔法的王國。

老實說，我從來沒想到當天往返的行程會來到這個地方。不過，反正我的任務已經結束了。

從口袋裡拿出數位相機，檢視請別人幫我拍的幾張照片。其中一張是米奇老鼠搭著我的肩，笑容滿面的他與板著面孔的我恰成對比。

儘管我努力扮出不愉快的表情，可是仔細端詳起來卻教我羞紅了臉，因為那張嚴肅的臉上仍隱約露出了半絲笑意。

「管它的，到了這個地步應該沒問題了吧。」

一切都從一句無心的謊言開始。說它是謊言，也許虛榮還更貼切一點。

我讀的高中在二年級的秋天都會舉辦修學旅行。

今年修學旅行的目的地也訂在東京。行程中的「迪士尼樂園」立刻成為議論的中心。連穿著垮褲、額頭髮際剃成銳角M的一夥人也說「絕對要去坐小熊維尼那玩意兒！」那畫面光是想像就令人苦笑。到了迪士尼樂園，最好還是離他們遠點。

當然，若說我一點也不期待，那是騙人的。

不過，為了這種事就歡天喜地、活蹦亂跳的，也太沒格調了。

坦白說，依我的個性也做不出那種反應。……

總而言之，我覺得對事物漠不關心的態度看起來比較酷，所以我便裝著沒興趣的樣子。

暑假期中的返校日，大家還是拿它當話題。

「迪士尼樂園好好玩，真希望早點去修學旅行。」

大家討論得正熱烈時，唯有我「哼」地冷笑一聲。

「和也不覺得好玩嗎？」

「還好。」

「別裝酷了。」

「我沒裝酷。迪士尼樂園又不是什麼稀奇的地方，不過是個遊樂園罷了。」

「和也，難不成你去過那裡？」

我不及深想，就說下面這句話：

「嗯，去過啊。」

「嗨，怎麼可能！……」

不可能有人相信我的說法。

可是讓我心中一驚的，是史彌的一句話。

「我看你是騙人的吧。」

我立刻彈起來。

「我是說真的。你不相信我也沒辦法。」

「你什麼時候去的？」

「去年夏天……」

話才出口，我便暗暗發現不妙。如果我說的是前年就還好，史彌跟我不同國中，最多也只能半信半疑，不了了之。

「越聽越奇怪。去年夏天從來沒聽你提過這件事啊。」

「那地方一點都不好玩，所以我沒講而已。」

史彌這傢伙看來說什麼都不相信我的話。

他繼續窮追猛打。

「證據呢？如果你去過迪士尼樂園，至少也拍過紀念照吧？」

「哦，有啊。放在家裡。」

「拿來給我們看看啊。」

「好啊，下次帶來。」

「那，你九月一日那天帶來吧，我們很期待哦。」

史彌露出無恥的笑容後離去。

不被信任的氣憤顯露在我的表情中。雖然明明是我自己說謊，但別人不相信這件事，讓我惱羞成怒。

「都是史彌那傢伙半路跑出來亂吐槽，才會搞成這樣。當耳邊風隨便聽聽不就好了嗎？」

我把史彌當作出氣筒，火氣越燒越旺。

過了幾分鐘，怒氣慢慢平靜下來時，便不覺開始焦慮。

「怎麼辦……」

那一整天，我都在想該怎麼解決這件事。

事到如今我也說不出「其實我沒去過！」這種話。本想隨便掰個藉口，像是照片不見了，沒辦法帶來之類的。可是這麼一說，他們一定會用更尖銳的問題圍剿我，揭穿我的謊言吧。

就算我繼續裝傻下去，到了修學旅行的時候，一定也會痛苦不堪。

然而儘管如此，我幹嘛要回答「去過」呢。

我對自己隨口說謊雖然有點意外，但更令我後悔的是，原來心裡還有個愛說謊的自己。

沒去過那地方又不是什麼丟臉的事，幹嘛要說謊？從前我就經常為了讓自己與眾不同而吹牛，這也是我最討厭自己的地方。

小學的時候尤其嚴重，最近明明已經改掉不少了，好死不死地在這個節骨眼……。

母親看到我面無表情地盯著電視，出聲叫我。

「怎麼從剛才就沒動筷子？哪裡不舒服嗎？」

「嗄？哦……沒有……」

有氣沒力地回答完，我用幾乎聽不見的聲音說：「吃飽了。」便站起來回到自己房間。

仰躺在床上，呆望著天花板，我不知自己嘆了幾次氣。

就在那一刻，我在心裡做下決定。

「好，那就去一趟吧！迪士尼樂園。」

我從床上跳起來，伸手到功德箱形狀的存錢筒裡。

從今年過年存到現在的零用錢共有三萬二千圓。本來想在冬天時用它買件皮夾克，不過事關自己的名譽，我沒什麼猶豫就決定把它拿來用。

反倒是對自己做下這麼大膽的決定，心裡有點怦怦然。

問題是這些錢夠用嗎？

我想跟老媽商量看看。從前和朋友到博多去玩的時候，母親給了我一萬圓當作熊本到博多的來回旅費和在當地的餐費。

這次也用這一招吧。

這麼一決定，我又立刻回到客廳。

商量這種事一定得在爸爸回家前速戰速決，老媽對這種事不會太囉嗦。只要事前把跟誰去做什麼說清楚，她就會點頭說：「去的時候小心一點。」

老爸的回答得要看當天的心情。不過大致的答案都是：「你要去哪兒隨便你，不過我沒必要幫你出錢。」所以好幾次都沒辦法讓他掏錢資助我去玩。

我一改剛才的沉默，開始東拉西扯：暑假沒剩幾天了、得開始考慮聯考的事了……一邊尋找切入話題的時機。

「對了。我明天要和朋友三個人一起到博多去參觀大學。妳看，我上了三年級以後，每天忙著念書根本都沒空去管這檔事。……」

連自己也覺得這個謊扯得夠高明。

「是啊，也對。你應該先去看看環境。」

老媽視線沒離開手上正在洗的盤子，接下來她會問什麼樣的問題大概可想而知。我不禁露出了微笑。

「那，可不可以給我點錢……」

「好啊。你等等。我現在就去拿。」

老媽關上水龍頭，邊擦著手邊拿出皮包，從裡面抽出一萬圓。

「連午餐費在內，這樣夠多了吧？去的時候自己小心點。」

「嗯……嗯。謝謝媽。」

我不敢直視老媽的笑容。雖然心頭暗喜如我事前預料地拿到錢，但說了謊話的罪惡感，讓我一時有股衝動想退還一些。不過這麼做也許反而會讓她覺得奇怪，還是放棄好了。

接下一萬圓，我急忙把它塞進口袋。

「我幫妳洗碗吧。」

「欸，真難得。」

我也考慮過，做出與平常不同的舉動可能會讓老媽起疑心，不過如果不為她做點什麼，心裡實在過意不去。為了遮掩我的謊話，也因為說謊產生的內疚，我快手快腳地洗起碗來。

做完一輪家事，我到大哥房間借用他的電腦，查詢機票的價格。價錢比我預料的還貴了一大截，這樣的話就沒法子買來回票了。正在一籌莫展的時候，大哥回來了。

「喂，你在查什麼？」

「哥，到東京很花錢哦？」

大哥一面解開領帶，把頭湊到螢幕前。

「單買機票當然貴啊，不過如果買套票就便宜了。」

大哥白襯衫還沒脫，就直接站著操作電腦，進入一個廉價套票的販售網站。

「你看，這態本到羽田的來回機票，外加迪士尼樂園的入場券，不是只要三萬兩千圓？」

我不覺睜大眼睛瞪著螢幕。

「真的耶！」

「幹嘛，你想去東京喔？」

「我哪有可能。只想查查價格罷了。」

大哥換上家居服後丟下一句：「別把電腦關了，我等下要用。」

然後就往客廳去了。

我戰戰兢兢地在電腦裡輸入姓名和地址訂下套票。

我得等繳了錢，拿到機票之後才能出發，所以必須跟老媽再說一次謊——大家商量的結果，決定明天不去了，改到四天之後再去。對老媽來說，沒有比這個訊息更重要了吧。

她只會說：「這樣啊。」

第二天，我一大早就去銀行匯錢，第三天，等待機票送到。

幸好，那天是老媽打工的日子，機票送到的時候只有我一個人在家。

總之，一切準備就緒。

然後到了今天。

前一晚因為有點興奮，睡得不太好，這興奮的心情倒不是針對迪士尼樂園，而是第一次單槍匹馬到東京旅行的興奮，同時也懷著不安和緊張。

黎明五點醒來的我，從自己所有的行頭中拿出最中意的T恤套在身上，在接近六點時完成了出發準備。

據電視新聞說，今天全國都會籠罩在太平洋高壓下，是個晴朗又炎熱的天氣。約莫此時，媽也起來了。

「啊，今天要去博多哦。已經要出門了嗎？」

「嗯……是啊。」

總覺得如坐針氈，我站起來，想趕快逃離母親身邊。

「那我走了。」

「早飯呢？」

「到車站去買。」

我背對著她，穿上鞋，開門出去。

「小心點哦。」

老媽溫柔的話語刺進背裡，我在心裡回答了聲「嗯」。

七點二十分到達機場。

搭上八點整從熊本機場起飛的班機，我從窗外的景色中尋找自己的家。

其實這是我第一次搭飛機。

以前就聽人說，氣壓的驟變會造成耳朵疼痛，不過，沒想到會這麼痛。

我呆呆地望著窗外，看到以前只在地圖上看過的海岸線實景，一點也不覺得自己真的要到東京了。

九點半到達羽田。

在機內盡顧著看風景，著陸之後的脖子痛得要命。

而現在自己竟然在東京的神奇感，與一直未曾消失的罪惡感同時包圍著我。

所有人的暑假應該都過得差不多吧。

最近閒得慌，所以平常總是熬到半夜才睡，早上十點半到十一點左右起床。然而我現在卻在東京。

在我平時沉睡的時間，我已經站在距離熊本一千公里以外的大都市了。

我發現很多不可能辦到的事，做起來並沒有想像的那麼難。

東京對於我，是那麼遙遠的世界。幾小時前我還在熊本，但現在，我卻站在這裡。我壓抑著雀躍的心情，尋找去迪士尼樂園的公車。

直達公車立刻上了高速公路。

單向三線道的寬闊馬路上，車流量逐漸增加。

這副大都市的景象，我還是第一次看到。

不覺間，車子穿越了一條長長的隧道，左側出現了電視上曾看過的建築。從公車上同行情侶間的對談得知，那裡是台場。

我到達迪士尼樂園是在十點四十五分。

接下來的經過，就如我剛才說過的。

夢想與魔法的王國留給我的印象，其實只是辛苦又漫長的一日。

不過我的確懷疑過，自己是不是在夢裡。

千里迢迢從熊本來到東京，在迪士尼度過一天，而現在正坐在往機場的公車上望著都市的風景。雖然這件事已經真實的發生在我身上，但仍有一小部分覺得它並不是真實。

不過，再過四個小時，我就會回到熊本自己的家。

這又再次給了我不可思議的感受。

可能是幾乎一夜沒睡就出門，一整天曝曬在炎炎夏日下，一種連自己都很清楚的疲倦感侵襲而來，不知不覺間，我睡著了。

醒來的時候，有一瞬間我不知道自己身在何處，不過馬上就回過神來。望向窗外，左手邊看得見摩天輪，來時經過台場附近看過這副景像，所以立刻認了出來。覺得彷彿時間過了很久，我看了下時鐘。

公車上的數位時鐘顯示著六點二十分。
我大吃一驚，又看看自己的手錶。我的手錶只快了五分鐘。
沒錯，是六點二十分。
我坐上公車已經一個小時以上了。
這下子完全清醒了。我從座位站起來，注視公車的前方。塞車的狀況一直延續到看不見的遠處，而且，一點也沒有前進的樣子。
「雖然是尖峰時間，不過這裡很少像這樣塞得動彈不得呢。」聽到公車上這條路線的常客竊竊私語，一半的我正努力冷靜判斷，另一半的我心急如焚。
過了五分鐘、十分鐘，可是車子只緩緩前進了一輛車的距離，機場還看不到半點蹤影。
我再看時鐘。六點三十三分。
不知是誰看著前方，吐出一句：「是車禍啦。你看那邊！」

我不自覺地站起來。

從車身較高的公車可以看見相當遠的前方，右側和中央線道的車子陸續變換車道到左線道。

「快點、快點！」

我心中吶喊著。然而，車子卻好像跟我唱反調，幾乎動也沒動。

「怎麼辦。再這樣下去，一定趕不上飛機了。」

這個念頭一起，我更是坐立難安。

公車又經過了十分鐘才到達車禍現場。

停在路上堵住雙線道的兩輛車，車子外觀並沒有明顯的損傷，駕駛正分別用手機跟別人說話。

「這麼小的車禍，幹嘛擋人車道啊！」

我的憤怒幾近沸點。

從這裡再十五分鐘就能到機場吧。

飛機是七點五分起飛。如果能趕在前一刻到達，也許可以勉強讓我上機吧。

「拜託！求求你……一定要讓我趕上啊。」

我緊張得肚子痛。

因為車禍緣故暫時變窄的車道，在通過車禍現場之後又恢復原狀。心想終於從這裡可以……儘管這麼期待，公車的速度還是沒有變快。這次變成是左邊入口匝道阻塞，看得出來在左上方高架道路，有一整排動也不動的車陣，等著匯合到我們的車道來。

「糟透了……！」

下腹部越來越痛了，發出咕嚕咕嚕的聲音。

趕不趕得上飛機已成了次要問題，現在當務之急是趕上上廁所的時機。

遠方出現摩天輪。

「咦……那裡才是台場！」

剛才看到的摩天輪並不是台場的摩天輪。我按著疼痛的肚子，只能在心中不斷念著，簡直快要哭了。

「拜託，拜託，快一點啊……」

通過了車道的匯合點之後，車子終於開始動了，雖然速度爬升得非常慢。

我看了無數次時鐘，近乎絕望。

手錶無情地指向七點。

因為緊張，肚子的疼痛迎向最高點。

就在手錶指著七點十三分時，公車到達機場大廳前。

我的手錶快了幾分鐘。「說不定起飛延遲了。」

抱著萬分之一的可能性，我朝著機場內部跑去。

臉色慘白的我，首先衝向的目的地是……廁所。

看來人的身體受到情緒的影響相當大。

飛機可能趕不上了。隨著不安的情緒在心中擴散開來，我的肚子就像爆炸般劇痛，再也無法忍耐了。

唯一幸運的是，跑進廁所的一刻，剛好有一間空著。我幾乎迎面撞上從裡面出來的歐吉桑，衝了進去。

兩手顫抖著解開皮帶，總算趕上了。

「安全上壘！」

這種狀況下居然還有這種心思，我不禁生起自己的氣。

未等肚子完全平靜，連手也沒洗就衝出廁所。

我往登機櫃台跑去的同時，看見起飛班次的電子螢光看板上，第一行打出「19：25　往伊丹」。

我一路衝，差點就要撞進櫃台裡面，忙不迭地對著地勤小姐拿出票，問道：

「對不起，到熊本！十九點五分飛往熊本的班機！」

那個女人對著汗流浹背的我，慢條斯理地點個頭。

「客人，真對不起。往熊本這班飛機已經結束辦理登機了。它馬上就要從羽田機場起飛。」

「怎、怎麼會……」

我還沒來得及沮喪，繼續纏著那個女人再問。

「那、那我該怎麼辦才好。」

那個女人微蹙起眉，輕輕地歪了一下頭。

「我該怎麼辦才好？」

「這問題……我也無法回答……」

「那可以退錢嗎？」

「很抱歉。您的機票這裡有註明，不能做任何變更和退款。」

她解釋完之後，我又問了好幾次「該怎麼辦才好」，但已不記得她是怎麼回答我的。也可能什麼話都沒說，靜靜等我離開吧。我已經沒印象了。

我獨自佇立在機場登機大廳。

「怎麼辦……」

雖然我高中二年級，但是現在卻像個迷路的小孩，只想哇哇大哭。

不知道過了多久時間。

我坐在登機大廳成排座椅上，呆呆地看著手機。

往熊本最後一班飛機起飛了，我已經無路可走。再怎麼著急，今晚也回不到家。不只如此，我身上所有的錢只剩三四〇〇圓，就算在這裡過一晚，我也不知道該怎麼回到熊本。……

我束手無策。

但是，還是必須打電話回家。

如果我不回家的話，他們一定會擔心吧。

不過，電話裡該怎麼說呢？

「我現在在東京……」

如果我老實招認，媽媽會怎麼說呢？

隨著起飛班次減少，機場內的人數也漸漸變少了。

結束最後一班飛機的報到手續，大排座椅上只剩我一個人。

機場人員結束工作經過時，都會朝我瞥一眼。

我不知道該怎麼辦，只是傻坐著。也許我在等著有誰會叫住我。

然而，沒有人這麼做，只有時間靜靜地流逝。

走投無路，半認命地正想往家裡打電話的時候——

「喂！年輕人。」

我回頭尋找這個短促的呼叫聲。

有個阿姨站在後面，兩手扠著腰低頭看我。

「叫……叫我嗎？」

「不是你還有誰？當然是你啦。喏，給你。」

那阿姨說著，拿出一個四角形的東西。

「這是什麼……這……」

對著驚呆的我，阿姨不由分說地說道：

「別管了。拿著。」

她給我的是一個化妝用的小鏡子。半強迫下我不由得接下鏡子，答道：

「對不起……這個，不是我的。」

「我知道。這是我的鏡子。我是要你看看自己的臉，一副哭喪的臉坐在那裡發呆，你想幹嘛？」

我偷偷瞅了一眼鏡子，果然自己的臉死氣沉沉得嚇人。

「……對不起……」

我不知道自己對什麼或對誰道歉。但是，腦海裡想到的只有這句話。

「你不是沒搭上回家的飛機，無處可去，所以在這裡發呆的嗎？」

「妳怎麼知道……」

「我一整天在這兒看著人來來去去，一看就知道啦。」
那阿姨指指紀念品販賣部。
「像你這樣面無血色、跑進機場的人，一天不知有多少。剛開始還死纏爛打，後來發現沒救了，一般就會立刻打電話，或是放棄離開。可是你啊，既沒有打電話，也沒有離開，可見你今天沒地方住，也沒有回家的錢。然後看著手機發呆，就表示雖然必須跟家裡聯絡，但又有些難以啟齒。反正大約就是這樣啦。」
自己的狀況被她一一說中，不知為何心裡反倒安定下來。
可能是找到一個了解自己的人而感到放心吧，我不禁淚水盈眶。
「小夥子，你今天幾歲？」
「十七。」
「十七歲已經算是大人啦。就快成為男人，只不過一兩天回不了家，哪有馬上一副要哭的樣子？聽我說，小夥子，真正的男子漢，一旦遇到意料之外的事情，就得咬著牙承受下來才行。」
「可是我回不了家了……而且又沒錢。」
「男人遇到這麼點小事，就哭癟著臉那可不行。聽懂沒？做人一定有擔當，對自己置身的狀況一笑置之。」
「……可是……」
「別再『可是』『可是』的，聽起來真沒出息。你難道不想回家了嗎？」
「我不是這個意思……」
「既然如此，總有一天一定能回去的嘛。就算用走的也能回到家。從前的人到哪兒都靠兩條腿，現在的你也不可能做不到。」
「可是，如果不早點回家……」
阿姨露出不耐煩的臉，苦笑道：
「我說啊，年輕人。你就算再著急，今天也沒有飛機了，錢包裡的錢也不會自動增加。懂了沒？與其煩惱那些，不如隨遇而安。我告訴你，這可是一輩子難得的經驗哦。你是高中生吧？

「如果是十七歲的話，應該是高中二年級吧？從哪裡來的？嗄！熊本。還真遠呢！不過放心啦。雖然我不知道要怎麼做才能到熊本，不過反正總是回得去的。到時候，這就成了一生難忘的旅行了。」

不知為什麼，與這位阿姨談話之後，突然覺得自己遇到的狀況並不是什麼翻天覆地的麻煩，實在很奇妙。

阿姨說的很有道理。只是該怎麼向父母解釋呢……腦袋裡唯一記掛的就只剩這件事。多虧了這位阿姨的話，其他的事我已經不太在意了。

「懂了沒有？懂了的話就笑一個。」

我勉強露出苦笑。

阿姨直說這樣不行，她一面搖著頭，再次顯出不耐煩的表情。

「你這小子啊，剛才我不是說過了嗎。不管你是笑還是哭，不管你後悔做過了什麼事，或是對未來惶惶不安，今天你回不了熊本的事實都不會改變。所以才要隨遇而安，知道嗎？」

我點頭如搗蒜，小聲地回答：「是。」

看著阿姨的笑臉，不知不覺我也破涕為笑。

「對啦，就是這樣，好，起來吧。」

「起來？」

「你待在這裡也沒處可去吧。今天阿姨家就讓你住一晚好了。」

「……可、可是……這樣……」

「不喜歡的話也行。那你就待在這兒吧。」

「喜歡，謝謝妳。」

我慌張地背起背包，猛地站起來。

有一剎那，我以為她就要露出笑容，然而她只是輕輕點頭，轉身便快步走了出去。她的個子雖然嬌小，走起路卻很快。我得小跑步才能跟在她後面。

我和阿姨一起搭電車。

車票是她幫我買的。

我們轉乘了一次電車，可是那是在什麼地方，還有現在我們要往哪裡去，我一點都不清楚。

終於我們在到達的車站下了車。

「從這裡得走一會兒路。」

「這裡是東京嗎？」

「是川崎。」

阿姨的家距離車站步行約二十分鐘，是在一間公寓的二樓。

外觀看起來十分老舊，走上鐵梯時發出的聲響，咚、咚、咚地迴盪在一層一層的樓房中。

用褐色三夾板作貼皮的玄關門上貼著一個門牌，我這才知道這位阿姨的名字叫「田中」。說起來，我們彼此都還沒有自我介紹過。
「阿姨，妳姓田中嗎？」
「是啊，田中昌美。你呢？」
「我叫做秋月和也。」
「是嗎。那麼，和也同學，請進。不用客氣，因為我一個人住。」
阿姨邊說邊開了鎖，推開門。

我人生中第一次走進獨居女性的房間，是這位阿姨的家。
總覺得有點不自在。
房間裡整理得井井有條，纖塵不染。屋內的物品極為簡潔。走進門，經過右側廚房和餐桌的空間，就進到裡側的和式房間。四坪左右的面積擺著一個小小的茶几。我在那裡跪坐下來，左右打量起四周。
阿姨走到廚房，咕噥著「還不能喝啤酒吧」，便消失在洗臉台那邊。

「謝謝……不過，不用招呼我了。」

我不敢坐下，只是睜著眼骨碌地張望。時鐘秒針的振動格外大聲，我意識到這個屋子裡沒有電視。

阿姨拿了自己喝的啤酒和我的果汁走過來。

哼地一聲坐在榻榻米上。

「阿姨……」

「嗯？」

「今天真的很感謝妳。」

「別這麼說。搞不好我根本做不了什麼值得你感謝的事。就像你看到的，阿姨不是有錢人，也沒法子好好招待你。」

「沒這回事。您願意讓我待一晚上已經很感謝了。」

「跟你說，阿姨本來也沒打算讓你來住的。不過，賣店裡的人都在討論你的事。說你真可憐……該怎麼辦什麼的。說得那麼好聽，卻一點都沒有想幫你的意思，我看了很不高興。就因為這些人嘴上說著好可憐、好可憐，那個人才顯得可憐嘛。所以我就嗆回去，有什麼好可憐的，對那個年輕人來說，這正是長大一輪的好機會，也是一輩子難忘的回憶啊。反正那些人只會嘴巴上說說，也不想想自己能幫上什麼忙。好吧，來乾杯！」

「哦……好……」

我和阿姨打開易開罐。

「乾杯！」

阿姨說起話來心直口快，但笑容卻棒極了。人家說善良指的就是這種人吧。我默默想著這句話，一口氣把阿姨給我的橘子汁喝完。

「好啦，來龍去脈我大概清楚了。當然啦，你說了謊的確有錯，不過現在遇到這種狀況，也算情有可原。但是……」

阿姨掃了一眼牆上的時鐘。

「我看你該打電話回去了吧。」

「是啊，雖然心情很沉重，不過，我現在就打。」

「你不用擔心啦，就算父母多少罵你一頓，幾年之後，全都會變成美好的回憶的。如果阿姨是你媽，就會讓你趁這次機會一個人吃點苦頭再回去。」

「阿姨，妳一定會是個好媽媽。」

「哈哈。你這玩笑我可笑不出來。能當好媽媽的話，就不會孤孤單單一個人住在這種地方了。這不重要。總之，這正是磨練一個男子漢的機會哦。你就把它想成是老天爺給你長大一輪的好機會吧。」

「有道理。謝謝阿姨點醒我，否則我都沒想到這一點。」

「所以，你要先老老實實地向你媽坦白這一切。」

「那我去外面打電話。」

「不行。要打就在這裡打。」

「這……這裡？」

我的聲音透露著不情願。我不太喜歡讓別人聽到我和母親的對話，更何況想到這次在電話中要談的事，就更加不方便了。

「是啊。如果你到外面去講電話的話，搞不好又會在關鍵的地方糊弄過去。而且，一旦說了謊，只會使事態變得更糟糕。如果你真的說實話，沒打算說謊的話，就在這裡打電話。」

我暗自吃了一驚。

阿姨說的的確沒錯。一開始雖然並沒有想要說謊，但是到外頭打電話的話，肯定會為了保護自己而說謊吧。模模糊糊地可以明白這個道理。

「懂我意思了嗎。好啦，快點。阿姨陪在你身邊，趕快打吧。」

「我知道了。」

我慢慢閉上眼睛，做了一個深呼吸之後再睜開眼睛，拿出手機。時間已經是晚上十點多了，應該是爸媽以為我快到家的時候。

阿姨手拿著啤酒，微笑地看著我。眼睛裡充滿了母親守護孩子的光暉。

敞開的窗子吹進來的夜風，有著熊本所沒有的清涼。

我戰戰兢兢地給家裡打了電話。

接電話的是母親。

雖然說得有點零零落落，不過總算勉強把狀況從頭到尾說了一遍。解釋完為什麼會淪落到這個地步時，我對著話筒說出一句不知道多少年沒說過的話：

「真的很對不起。」

母親一開始很驚訝，我正暗忖著驚訝即將轉變成憤怒時，她的口氣突然放鬆了下來，過了一會兒之後，她並沒有生氣，反而有點不耐。接著，她嘆了一口氣，用輕快的聲音叫我請田中阿姨聽電話。

「不好意思，我媽說想請妳接一下電話。」

「好哇。」

阿姨沒有絲毫猶豫地綻開笑容，接過我的手機。

「妳好……不會不會，不會麻煩。是……是……。好啊好啊。別這麼說……請別放在心上。……好的。」

雖然聽不到母親在說什麼，不過大致可以想像得出來。

說了一段時間之後，阿姨又把電話交給我。

「你媽說還要再跟你說一下。」

「謝謝。」

我接過手機，感覺母親的語氣中帶著笑意，我打從心底感謝阿姨。

「還好有這麼親切的人幫助你，以後要好好答謝人家才行。記得要記下田中阿姨的地址和電話號碼哦。」

「嗯……我知道。……嗯……總之，我會想辦法回去的，妳不用擔心。」

我只想趕快把話題結束掛電話。

電話掛斷之後，阿姨用打電話前同樣的笑容注視著我。

從開敞的窗子，隱約聽得到駛過遠處的電車聲。阿姨打破沉默說：

「說說看，你打算怎麼回去？」

「打算……啊……我也不知道該怎麼辦。」

這句話提醒了我，雖然暫且今晚找到落腳的地方，可以鬆一口氣，可是最重要的問題還是沒有解決。

就算請母親匯錢過來，我也沒帶銀行的金融卡。

果然還是只能找人借錢了吧……

「我猜你是不是想，到了這個關頭，也只能看我要不要借你錢了是吧？」

「沒有啦。我怎麼會……」

「哈哈哈，不用不好意思啦。你臉上都已經寫出來了嘛。」

我感覺自己羞紅了臉，不禁低下頭來。

向阿姨借了錢，之後再還給她就能完美收尾了。我本來正盤算著要不要說出來，沒想到先被阿姨識破，反而很難啟齒了。

我默默地陷入思考，阿姨卻說了出乎意料的話。

「一開始去招呼你的時候，是因為周圍那些人的偽善態度讓我很生氣。大家說來說去只會看你可憐，可是自己又找了一堆理由，什麼忙也不想幫。我只想展現一下，自己跟他們不一樣。不是做給他們看，而是對自己交代。所以呢，我想過讓你住一個晚上，然後借你錢，明天送你回家。」

「是……」

我稍稍抬起頭。

「可是，我很喜歡你這孩子，若是那麼做了，我會感到歉疚。」

「這話怎麼說……」

我期待著更優越的待遇，臉也自然緩和下來。

「我決定了。小子，你靠自己的力量回去吧。我不借你錢了。」

我呆住了，聽不懂阿姨到底在說什麼。

「怎麼？馬上扮出一臉苦相。」

阿姨拿起第二罐啤酒大笑起來。酒喝太快了，她不會偏偏在這麼重要的時機點醉倒吧。

「不是。是因為你說，只是借錢給我的話，會感到內疚……」

「這算什麼，年輕人。這麼沒出息！」

阿姨突然大聲嚷起來。

「小子，我看你是九州男人，所以覺得你應該多少有點骨氣，沒想到這麼沒膽量。聽我說，你仔細想想，這種機會沒有第二次哦。如果我就這麼簡單借錢送你回家，你到時再把錢還給我？你只會留下一段不堪的回憶。但是如果你想辦法靠自己的力量回家，那就會變成一生難忘的記憶啊。當個男人，應該對自己多一點自信吧。」

「話是這麼說，可是……」

「再想想別的辦法吧。男人最重要的就是下決心。先告訴自己決定這麼做做看嘛，人生本來就是一條看不見未來的路啊。所以就算一直煩惱也於事無補。決定了做法，然後盡自己最大的努力試試。你將會有一個別人都體驗不到的暑假哦。來，先說『我要這麼做』。」

我的胸口感覺有股熱熱的東西湧上來，對啊，古代人也都是靠腳行動，現在的我不可能辦不到。

「我明白了。我會想辦法自己回家！」

「對了，小夥子！有膽量，說得好極了！再說一次！」

「我就算走也要走回家！」

「再說一次！」

「我一定會走到家，妳等著看好了。」

「哈哈哈。」

阿姨和我一起笑了。我有種奇妙的感覺，好像天塌下來也不怕。
「你這表情棒極了。當自己決定『一定要做到』的時候，任何人想攔也攔不住的。」
我點點頭。光是想著絕對要做到，也許就差不多等於達成了。我對即將展開一趟沒有草稿的旅行，感到小小的興奮。
「既然你已經這麼決定，阿姨就要教你一件對你現在而言，比金錢更重要的事。」
「比金錢更重要的事……？」
「是的。現在的你是零分。因為如果你這樣保持下去，回到家之前只會一再吃苦頭罷了。」
「只有……零分嗎？」
我不懂阿姨是針對什麼事這麼說，可是我一點也不覺得生氣，而且很自然地接受她的說法。

「孩子，如果就這麼把你丟出去，也許你最後終於能回到家，不過你還是什麼都沒改變，而且只會留下『下次絕對不要再這麼做』的印象。你可能會再也不相信別人，或是覺得都市人冷漠，把錯誤的觀念當成是自己人生的教訓。」

「……」

我不知該說什麼，但是卻不得不承認阿姨的話有道理。也許真的會這樣。現在的我完全沒有自信能浸淫在這種狀況中，並且讓它成為自己人生難得的體驗。

「對現在的我，比金錢更重要的事是什麼？」

「比別人早一步動作，做個好幫手。」

「……」

「小子，不能因為我招待你來我家，你就大喇喇地坐下來喝茶聊天。要知道，你不是客人，而是吃閒飯的。」

我立刻把伸直的腿收回來坐正，挺直背脊。

「是……。」

「今天就算了。不過，如果你把在家裡那副德性搬出來的話，不論你到哪裡，都不會有人樂意讓你借住哦。能容忍你一切，從來不抱怨的人只有你母親而已。同樣的事你對女朋友做做看，保證不到三天就被她甩了。」

「是……」

「小子，到了寄宿的家裡，從餐後收拾、棉被摺疊收放，到洗浴室、洗廁所，要比別人早起，幫忙丟垃圾、打掃房間、走廊、樓梯和大門。總之所有想得到、想不到的事都要一一去做。就算主人好心要你坐下，叫你不用幫忙，你也必須隨時見機行事，就算搶也要搶下來做。知道嗎？」

「知、知道了。」

我屏息斂氣，繃緊神經。當然，我也知道到別人家白吃白住，未免想得太美。不過，到底自己該做些什麼來回報，我卻一點概念也沒有。我反省自己來這個家之後的種種行為，的確只能得零分。

「如果能做到這些，那麼你不論到世界哪個角落，都能借得到地方住。對方甚至還會歡迎你『隨時再來』。而且啊……算了，不說了。反正你只要自己去做就會明白了。總之，只要能做到這個地步，你就天下無敵了。」

我緊張得猛點頭。明天早上比阿姨早起之後，看起來有很多事必須做。

「好吧，既然你也下了決心，就先去洗澡好了。」

回想起來，從一大早，身上的汗就沒乾過。

如果是半刻之前的我，現在可能答了聲「好」，就恭敬不如從命了。但現在我會請阿姨先去洗。

這段時間，我洗碗、擦桌子，把一時能想到的事都做了。

阿姨洗好澡出來，十分安慰地對我說：

「乖孩子，動作這麼快。這樣做就對了！」

地板與牆貼滿瓷磚的浴室裡，有個又小又深的不鏽鋼浴缸，讓我回想起很久以前到外公家的氣氛。浸在熱水裡，我回想著自己為什麼會置身此地時，再次感到不可思議。

「昨天的這個時候，真的想像不到自己會在這間浴室裡泡澡吧。……」

而且，從明天開始，還有更多難以預料的日子在等著我。

我的心有點忐忑不安。

從浴池裡起身後，當然我也把浴缸洗得亮晶晶之後才出去。

更衣間裡沒有我脫下的衣服，而是放著乾淨的T恤、內褲和運動長褲。這些舊衣服像是近期沒再穿了，散發出防蟲劑的香味。不過，T恤好像是全新的。

我換上這些衣服，用毛巾擦著頭回到房間。

「阿姨，我跟您借這些衣服穿。」

「我就是要借你穿，才放在那裡的。你的衣服拿去洗了，等會兒晾起來明天就乾了。」

「這衣服是……」

「哦，那是我兒子的。」

「您有兒子嗎？」

「已經好多年沒見面了。」

「原來是這樣。」

直覺這個話題有點敏感，為了避開這個話題，我張望著房間各角落，看看能不能找到別的題材。

我和阿姨回到剛才的客廳坐下。

「那個我們來談談明天以後你該怎麼辦好了。」

「好的。」

我們兩人再次乾杯。

未來的行程三兩下就解決了。

阿姨告訴我，車站好像有在賣「青春18套票」。原本是五天份一起販售，不過車站前的車票攤子也有賣零散的，一張只要兩千多就買得到。用這張票可以一天無限次搭乘JR的普通電車，早上出門的話，大概可以到達岡山吧。其實我有個舅舅住岡山。如果能到那裡的話，就不用擔心啦。

到了那裡之後，就能找到方法回家，所以可以不用討論了。

不過，阿姨直到最後都還是一再地說：

「我還是希望你盡可能不要麻煩岡山的舅舅，自己找方法回家。這種經驗可不太容易遇到呀。」

我只能竭力地敷衍虛應著。

但在心裡，我想：

「阿姨，您別當作別人的事，說的那麼輕鬆嘛。」

接著，阿姨談起了她兒子的事。

阿姨有個兒子，今年就要滿二十歲了。

兒子進國中的時候，她離了婚，一個人獨自撫養他長大，可是她搞壞了身體，工作沒法子繼續做下去，再加上孩子進了高中。雙重的負荷讓她煩惱了很久。正好她前夫提出撫養要求，為了孩子的未來著想，她決定把孩子還給前夫，自己一個人生活。

我穿的衣服，就是阿姨兒子國中三年級時穿的。

從運動褲的長度判斷，應該是一位相當高大的國中生，從阿姨嬌小的身材很難想像，也許阿姨的前夫是個魁梧壯碩的人吧，我漫無邊際地想著。

阿姨邊說邊笑地告訴我事情原委，想必她心裡也在想像著兒子長大的樣子吧。

「你們沒再見面嗎？」
「是啊，把他送走之後就再也沒見了。」
「我想他一定很想見妳的，妳兒子。」
「也許吧。可是不論什麼理由，我都是個拋棄孩子的母親，我這種人沒資格說想見他的話啦。當時他國中三年級，正是敏感的時期。為了讓他討厭我，只好說了很多違背心意的話。」
「妳說謊了嗎？」
「是啊。因為他說什麼都想跟我一起生活，不願意去他爸爸那裡，所以我說：『我一個人樂得快活，我想離開你，過過自己的人生。』在那一天，他就自己打電話，叫他爸爸來接他……所以，就走啦。再也沒有轉圜的餘地了，就和你現在一樣。現在，他住在靜岡他爸爸的老家。」
阿姨的表情在笑，但是眼眶裡浮著淚。
「這件T恤是……」

「那是買給我兒子當生日禮物的，一直想著要不要送他，不過最後還是沒送出去。」

「阿姨，妳該不會每年都買吧？」

「我是啊。不過最後都沒送出去。我也沒資格對你說什麼做人的道理，因為沒勇氣的是我。」

「妳送嘛。」

「不行啦。那孩子現在很幸福，我不可以再去打擾他。」

「可是，他也許在等妳呢。」

「我已經不奢望這些了。不過我想總有一天可以交給他的。等那孩子自己決定想要來見我的時候，我會耐心等著那一天到來。」

我不知道還能再說什麼。

「……對了，阿姨，我們一起拍張照吧？當作我們一輩子的紀念。」

我從背包中拿出相機。

「也對。好啊，來拍。」

我們把最燦爛的笑容留在鏡框裡。

我和阿姨鋪好床，並排而睡。照理說我應該很累，可是此時呆望著天花板，一點睡意也沒有。天花板上的木紋看起來就像阿姨和她兒子兩個人的臉。

阿姨的睡臉十分安詳，宛如小女孩一樣。睡得這麼安穩的人，竟也有著曲折起伏的人生啊！我懷著複雜的思緒，來回望著天花板和阿姨的睡臉。

第二天　偶然或是必然？

讓你覺得舒服自在的地方，
並不是因為周圍人為你做了什麼，
而是因為你能為周圍人做什麼。

第二天早晨，我醒來時，身旁的墊被已經不見了。

「糟了。」

阿姨在廚房忙著來回移動。

「阿姨早。我本來想早點起床的……對不起。」

「哦，年輕人醒來啦？昨天跟你說了那番話，如果還比你晚起，那不就太丟臉了嗎？昨天沒睡好吧？」

「不會……沒關係。」

「那麼，快去洗臉吧。早飯就快好了。」

阿姨狀甚開心地在餐桌前準備兩人份的餐點。

她在我面前擺上各式小菜，就早飯來說，相當豐盛。

「最後是飯。」

阿姨邊說著，把盛好的飯放在我面前，然後解下圍裙，自己也入座。

「好了，吃吧！」

我沉默地點點頭，兩手合十。

「我開動了。」

比起我來，阿姨一定更想幫自己的兒子這樣做早飯吧。哪怕只有一秒鐘也好，我希望能當一會兒阿姨的兒子。

「阿姨！」

「嗯？」

「這煎蛋做得好好吃哦。謝謝您為我做這麼費工的料理。」

阿姨停下筷子，莞爾一笑。

「你這小子，從來沒對你媽說過這麼好聽的話吧？這些話一定要對你媽說。她為你做飯的心情，和我今天幫你做飯的心情是一樣的。」

我用力的點點頭，眼淚不禁奪眶而出。

我趕緊扒了幾口眼前的菜掩飾過去。

阿姨把自己的菜都推到我面前要我吃。

我沒辦法一一拒絕，只好盡可能全塞進肚子裡，我想把阿姨兒子的份都一起吃進去。

「對了，昨晚，你還幫我清洗了浴室和廁所，對吧？謝謝你嘍。」

「沒什麼。因為浴室和廁所我都借用了，只是順便而已。」

「打掃之後，感覺怎麼樣？」

「比起什麼都沒做，心情上好像舒暢多了。」

「我說對了吧。其實寄人籬下的時候，借宿人的壓力也很大哦。所以，如果覺得自己無法幫上忙，心裡肯定會不太舒坦。」

「我懂。發現自己對別人有用處，就能享受置身當下的快樂。阿姨昨天想告訴我的就是這一點吧。」

「小子，這些事你從小到大都沒有做過吧？不過你要知道，讓你覺得舒服自在的地方，並不是因為周圍人為你做了什麼，而是因為你為周圍人做了什麼。不論在家裡、在學校，還是在職場都是一樣。你從來沒有思考過這些，卻還能感到幸福，那是因為你的家裡有個願意包容你一切的人，不論你用什麼態度，她都還是每天為你付出一切。這一點你千萬不能忘記。」

阿姨說得沒錯。我在家裡從來沒做過家事。

不管是倒垃圾、打掃自己房間之外的地方、廁所浴室、飯前飯後的準備收拾，母親都好像理所當然幫我打理好了。但是我沒有被趕出去，全是因為那是我自己的家，和對父母的一種恃寵而嬌吧。在自己家之外的地方，應該都不可能得到這種待遇。

吃完早飯，我吐了一口氣，靜靜閉上眼睛，兩手在鼻前合掌道：

「多謝招待。」

我吃完了從小到大最讓我感恩的早飯。肚子雖然撐得滿滿的，但現在我真想吃吃自己母親做的早飯。

睜開眼，眼前是阿姨滿足的微笑。

然後，我把昨晚考慮好的事告訴阿姨。

「阿姨，我今天要去找妳兒子。」

阿姨露出我認識她以來第一次驚慌失措的表情。

我站在新宿車站的月台，等待中央線的電車。

太陽西斜，時鐘指著五點。

今天結束前恐怕還是無法離開東京吧。

昨天對旅行的興奮已經消失殆盡，速度快得連自己都覺得丟臉。

車站月台上人潮擁擠，這令我更加疲倦。

阿姨特意為我洗好的T恤，現在又是汗水淋漓了。

橘色的電車姍姍進站，我被推著擠進電車，目標是吉祥寺。

錢包裡只剩下幾十塊錢了。

離開阿姨家之後，我花了兩個半小時，從川崎到阿姨兒子住的靜岡某町。循著阿姨給我的地址，大約在中午前到達阿姨前夫的老家。

我帶著阿姨交給我的手錶，在大門前等待。

前一晚，阿姨告訴我，她每年都會為兒子買一件生日禮物，可是卻一次也沒送出去。而今年因為兒子就要滿二十歲，所以她買了一支錶作為成年的紀念。

阿姨手握啤酒，望著手錶的神情令我印象深刻：

「我沒奢望能交到他手上。不過，一想到他就要成年了，還是很認真的幫他選了一支。」

就那一剎那，我決定幫阿姨把這支錶送出去。

反正靜岡就在回家的路途上。而且這單日無限次搭乘的車票，不論上下車幾次都無所謂。我只要把錶交給他，再坐上電車的話，應該就可以到達岡山吧。

阿姨剛開始一再拒絕，但也沒有非常堅持。

「阿姨，不論妳再怎麼拒絕，我都決定要去。而且，受到阿姨的照顧，如果不能為妳做點事聊表謝意，我會良心不安。」

最後阿姨終於接受了。

「好吧，麻煩你了。」這類的話，她一句也沒說。

阿姨沉思了好一會兒，才突然轉身向裡間走去。她在白紙上寫了什麼，走回來默默地把它交給我。

上面寫的是地址。

阿姨似乎有些不好意思的樣子。

我從她手中接過手錶和一天份的飯糰，在車站前車票攤開店的同時，買下一張「青春18車票」，便跳上下行列車。

靜悄悄的宅院大門口，走出一個比我想像中歲數更大的老先生，應該是爺爺吧。

「請問……谷雄太先生在不在這裡？」

老人霎時陷入沉思地注視著我的臉，之後才緩緩問道：

「你是雄太的朋友？」

「不，其實算不上朋友啦。因為先前受到田中昌美女士的照顧，所以，我想幫她交一件東西給雄太哥。」

老人喃喃地說了一句：「是昌美啊……」便閉上嘴不再言語，只是靜靜地直點頭。他像是突然回過神來，開口道：

「哎～，站著說話不方便，請進來說吧。我幫你倒杯茶。」

阿姨的兒子可能出去了，屋裡靜悄悄地，好像一個人也沒有。

爺爺慢條斯理地招待我坐下，又去幫我泡茶。

我很想趕快離開這裡，坐上電車往西部去。瞄了一眼時間，沒等爺爺把茶端過來，我就對著在廚房忙活的老人家背影說：

「雄太哥會很晚回來嗎？」

爺爺沒有回答我的問題，倒是反問我一個問題。

「昌美現在住在哪裡？」

「在川崎。」

「是嗎？所以，你是川崎人？」

「不是，我是從熊本來的。到東京的時候遇到了一點困難，偶然間得到昌美阿姨的幫助。我並不是為了報答阿姨，只是想幫阿姨跑個腿，把她為祝賀雄太哥生日而買的禮物交給他。」

「也就是說，你接著就要回熊本了？」

「是的，所以，我想盡可能早點從這裡出發。……」

「這可麻煩了……」

爺爺終於把茶泡好，端到桌前來。

然後，他慢吞吞地在我對面坐下。我有種不祥的預感。

「真是抱歉，不過，雄太已經不住在這裡了。」

我瞬間凝結。

爺爺是這麼說的。

雄太哥與爸爸的關係不好。雖然進了這附近有名的升學高中，但是他爸爸為了讓他進大學，總是逼他念書。於是，爸爸逼得越緊，雄太哥也就離家越遠了。

最後，高中二年級的暑假，他決定離家自己討生活。當時，他爸爸也放棄了逼他進大學的期望，丟下一句「隨便你」就走了。雄太哥離開時，他連送都沒送。

聽說雄太哥現在已經找了份工作，他在東京吉祥寺當美容師。

爺爺說他不清楚詳細的地址，不過有一次雄太打電話回來時提到，他工作的店名叫做「K」。

「實在很抱歉，不過就因為父子倆鬧得不愉快，已經快四年沒見到他了。」

「原來是這樣……」

我虛弱地低聲說。

「那麼，我可以把昌美阿姨交給我的禮物，暫時放在這裡嗎？說不定哪天他回來這裡時，就可以轉交給雄太哥……」

爺爺沒等我的話說完，就猛力地搖了搖頭。

「很遺憾，不過不太可能。雄太對這裡沒有一點好印象。我想他應該也沒有回來的打算。而且，如果交給那孩子的爸，說不定還會被他扔掉。當然，也有可能會收藏起來，但他會有什麼反應，我完全猜不到。只是說把禮物放在我這裡，也不知他何時會來，一直這麼等下去，並不是好辦法。因為我這老頭子也不知還有幾年好活。很抱歉，年輕人，還是只好請你把這禮物拿回去吧。

我深深地向他行禮告辭，然後走出大門。

到玄關來送我的爺爺微笑地說：

「我了解昌美為什麼那麼照顧你，因為你跟雄太長得一模一樣。」

我往車站走去，一面思考著接下來的步驟。

我沿著來時路走回去，可是自己往哪兒怎麼走，卻完全不記得了。等我回過神來，已經來到車站的剪票口。

直到最後還是沒法決定接下來該往哪個方向。

就這樣一直朝西走嗎……？

還是回東京去找阿姨的兒子呢……？

我看看錶。

已經過了下午一點半，沒時間再在這裡瞎磨蹭了。
我必須立刻做下決定。

最後我搭上了上行列車。
我想折回去，找到阿姨的兒子。
這個時間往西行，今天也找不到住宿的地方了。若是往東京走，說不定還可以在阿姨家再住一晚。
我如此想了一下之後作了決定。

到達吉祥寺站，我先尋找派出所。
「K」美容院沒有想像中難找，而且從車站過去只要幾分鐘就到了。
我以接近跑步的步伐往那裡走去，但還是難以壓抑心中的激動。
走到店門口，我從玻璃窗探看店內的狀況。

排隊等候的客人大約有四位，從我的位置可以看到的員工就有六人，也許裡面還有。

我推開入口的門，聽見「光臨——！」的聲音。經過幾秒我才意會到那是「歡迎光臨」的意思。店裡開了冷氣，我感到身上的汗水一下子全縮了回去。

一位女性員工向我伸出手，暗示我可以把背包遞給她。

「您有預約嗎？」

「不，不是的……。」

「現在店裡客人很多，可能要請您多等一下……」

那位店員說到最後，視線移到我的小平頭，才注意到我不是客人。

「您有什麼事嗎？」

「是這樣的，這裡是不是有一位谷雄太先生。」

「小谷嗎？有的……。不過他今天休假。」

今天好像做什麼事都不順。

「哦，真的嗎？」

我氣餒地回答。

「您找他有什麼事呢？」

「我是受雄太哥的母親委託……」

也許是聽到我的話，眾多工作的員工中，有一位貌似店長的人停下了手，朝著我走來。

「你說，雄太母親委託你，是真的嗎？」

「是，是真的。」

「嗯……」

這個人手上還握著剪刀和梳子，竟然就這麼抵著下巴，做出沉思的動作。

「這樣吧，你可以等我一下嗎？」

「哦……好的……」

我在美容院的等候室，望著夜幕漸沉的街道虛度時間。

昨天我沒察覺到一點，這裡天色暗得比熊本早。回想起來，昨天入睡的時間已是拂曉，天剛露出魚肚白的時間，可是一看手錶卻還相當早，令我有些吃驚。

在美容院的店裡工作的，還有幾個年輕的孩子。

一個跟我差不多同年的女孩子向我走來。

「有沒有想看的雜誌？我隨便拿一些過來，如果有你想看的就直說哦。我把茶放在這裡。這茶剛冰過的，很好喝。」

「哦……謝謝……」

那女孩立刻引導我身旁的客人到洗髮的座位去，一面與客人談笑，一面為客人在脖子周圍捲上毛巾和美容院特有的塑膠披肩。

那女孩神情看起來好神氣。

我打算考大學，不過，並不是為了想念大學才開始用功的。只是覺得那些國中高中畢業就馬上工作的人很可憐。理由很簡單哪，去工作之後，就沒有暑假了，而且現在我享有的種種特權，應該都會被取消吧，還必須繳稅呢。不過現在眼前工作的這些人，比我更能對自己的人生負責，看起來活得好開心。

他們都是大人了，而且好有活力。而我卻連別人問話都答不好，總覺得好像只有自己還長不大似的，好丟臉。

等了一個多鐘頭，終於聽到店長叫我的名字。

「對不起、對不起，手邊一直閒不下來。」

他帶我到店後面的員工休息室。

「剛才聽你說，你是受到雄太母親的委託？」

「是的，不過說得正確一點，並不是她委託我，而是我主動求她讓我來的。」

「等等，你是雄太的弟弟或是什麼人嗎？」

「不，不是的。我跟他完全沒有親戚關係。」

我把這兩天的來龍去脈，大致跟店長說了一遍。

「呵，原來是這樣。你的遭遇真有意思。」

「對我來說可是笑不出來的事呢！」

「別這麼想，這是非常棒的經驗哩。明天雄太會上班，我本來想叫你把東西留下來就好了。不過既然是這麼回事，我想你自己交給他會更好。」

「我沒辦法留到明天。我得趁現在趕快去坐電車，再往西走一點才行。因為車票就快不能用了……」

「你現在往西走，晚上要睡在哪裡呢？今天先在我家住一晚，明天你親自把錶交給他吧。到了這個時間，你就算多往西走一點，跟留在這裡有什麼差別？而且當務之急，是先解決今晚在哪裡落腳的問題吧。」

我望著已經完全變黑的室外，就算現在出發，在凌晨之前也許能趕到靜岡。只是就如店長所說，到達的地點也沒有可住的地方。

「你不想自己親自交給他嗎？」

既然到了這種狀態，今天還是放棄前進吧。從靜岡折返的時候，我就有這種預感了。

「好吧，那就恭敬不如從命了。」

「好的，你在這裡坐一坐，等我們店打烊。」

「謝謝。」

店長回去工作了。

看著他的背影消失後，我打量起整個房間。

員工休息室十分混亂，值得好好打掃一番，窗子好像也不知幾年沒擦了。我不覺浮起微笑。

我再次體會到阿姨教我在陌生地方安心自處的方法，有多麼寶貴了。如果我什麼都不做，在這兒等著打烊的話，心裡一定想東想西，七上八下。慌張失措的模樣，自己想了都覺得難為情。

不過，我現在知道怎麼自在地待在這裡了。

那就是專心打掃。我要把這裡整理得乾乾淨淨，給大家一個驚喜。

店裡可能很忙，打掃的時候，一個探頭進來的人都沒有。所以我很專心地打掃了將近兩個鐘頭。

忘記時間地專心掃除，真的是件愉快的事。我從來沒想過，在這種狀況下，打掃竟然能讓心情平靜下來。但奇妙的是，我真的感到快樂。從前學校打掃時間，也從來沒認真做過的我，竟好像變了個人似的，享受著打掃的過程，想起來就覺得好笑。

店長和其他員工結束工作，回到休息室時，我正一手拿著抹布，清理牆上的污跡。

「咦，你在幹什麼？」

「哦，各位辛苦了。我想自己是不是能幫點忙，所以把這房間打掃了一下。不過，不能碰的東西，我都沒碰。」

「哇，真謝謝你。整理得好整齊啊，這房間變得這麼乾淨呢。」

不只是店長，其他人都很開心的樣子。

剛才的孩子氣已經消失，現在的我充滿了自信。

我知道不論到什麼地方，我都能生存了。

剎那間，我感受到自己的堅強。

我又參加了打烊之後的店內打掃，也因此和許多人結為好友。最初拿雜誌給我的女孩，原來大我三歲。

店長的家在從吉祥寺坐井之頭線數站之外的住宅大樓。

「木原哥，你幾歲了？」
「我？三十二了。」
「三十二歲就有一家自己的店，住在這麼豪華的大樓，你真厲害。」
「哪有厲害，我的店是借錢開的，這個房子也是貸款買的呢。哈哈哈。」
木原哥開了大門的鑰匙，走進屋裡，從衣櫃裡拿出T恤和短褲。
「這兩件你可以穿吧。好吧，就給你算了。我要先去洗澡，你等一下也洗個澡。然後我們一起到外面吃東西。」
木原哥開車帶我去的地方，是一家拉麵店。
聽木原哥說，這家店經常有電視節目來採訪，相當有名，不過在熊本我沒看過那種節目。
之後他又說，既然難得到東京來，乾脆帶我去兜風，看看東京的夜景。
「小子，剛才我在洗澡的時候，你幫我把水槽裡的碗筷都洗了吧？」
「在這兒白吃白住，這點小勞動算不了什麼。」

「哈哈哈。你這麼勤快，走到哪裡都有地方住的啦。還有啊，你那個小平頭最順眼了。看起來就像鄉下孩子。」

「謝謝。」

「我其實也是從鄉下上來的。國中的時候也像你那樣，留個小平頭。」

「木原哥的家鄉在哪裡？」

「我的家鄉嗎？石川。鎮上到處都是蒲公英，看得煩透了。我想，上大學是離開小鎮的捷徑，所以雖然不愛念書但還是拚命用功，好不容易考上東京的三流大學，歡天喜地地上東京來了。」

「所以，你是在大學畢業後才開始現在的工作嗎？」

「不是。大學讀一年我就不念了。因為我沒去學校，只顧著到處玩，所以想當然耳，我一個大學同學都沒有，反而在校外交到一票朋友。在大學裡若是沒有朋友，想順利畢業會很辛苦。你以後就會知道了。而我校外的朋友淨是每天晚上到處遊樂的損友，我沒去學校而去打工，賺到的錢都拿去玩。後來連打工的錢都不夠花，只好把家裡寄來的學費都拿來用了。總之，就是個典型的壞學生。最後我大學不想去，學費也沒繳，所以瞞著父母提出退學申請，就這麼退學啦。」

「父母沒發現嗎？」

「其實我老媽全都知情，而且好像還幫我瞞著我爸。照理說不可能不知道，不過我爸真的沒發現。不過後來我才知道，我沒去上學，沒繳學費，還有提出退學申請這些事，學校都一一跟我老家聯絡過了，只有我一個人不知道。後來那兩年，我假裝去學校，拿家人寄的生活費過活。不過，我實在沒臉叫他們寄學費來，所以告訴他們我在打工賺錢，學費我自己湊就行了，用這種自以為是的藉口矇混過去。總之就成了打工族，天天游手好閒。」

「阿姨一直沒問你嗎？」

「對啊，她什麼也沒問。」

「木原哥是什麼時候發現爸媽都知道了呢？」

「退學兩年之後。我媽病倒住院，我回到好久不見的老家，才聽我爸說的。他說，不論我做了什麼事，我媽都完全信任我。所以，她一直不願吭聲，相信我有一天會主動向她解釋。然而，我卻一直讓她失望。」

「伯母現在……」

「別擔心，她還活得好好的。只不過有點後遺症，說話不太清楚，走路也不太方便。」

我望著一棟棟高樓大廈中的點點燈火，想念起自己母親的笑容。

「今天你看到我們店裡的氣氛，有什麼感覺？」

「我覺得大家都好有活力，好開心的樣子。而且每個人都很親切，又溫暖。」

「我們店的主張就是『感謝』，對一切抱著感謝而工作。」

「的確有傳達出這種訊息。」

「對顧客抱懷感謝，對能夠相逢而感謝，對能夠工作而感謝。店名的『K』，也包含了感謝的涵意。」

「我還以為是木原哥的名字K呢！真是一家很棒的店。」

「我一點都不了解父母的心意，成天只知道游手好閒，這種不孝子說出『感謝』兩個字，你應該覺得很意外吧。不過，不管別人怎麼說我，也為了一直守候我、相信我的老媽，當下我決定要痛改前非。雖然有點太晚了，不過這是我唯一能做的事。我進了美容學校，走進了現在的世界，如今，我爸媽也都接受我的一切了。因為這層關係，我也經常提醒我的員工，要珍惜自己的父母。我們店裡，只要父母生日都可以休假哦。這種商家應該很少見吧。利用這一天，向父母表達感謝，或是寫信給他們。總之，我希望在這一天，大家能把自己心裡的感謝傳達給父母。」

「我也很感謝爸媽，不過不太好意思說出來。」

「每個人都會不好意思啊。到我店裡來想當美容師的員工，有好幾個都在年輕時愛玩不聽話，讓父母傷過腦筋。不過，我一再告誡他們，如果沒有坦誠面對的勇氣，就沒法做好工作。高中時候沒有這種勇氣還不打緊，但是出了社會之後就不行了。沒有勇氣去承認自己的錯誤，進而真誠地道歉加以感謝的人，是不會得到幸福的。」

「聽得好刺耳……」

「這趟旅行是個很好的轉捩點哦。你說謊讓媽媽擔心了對吧。今晚，你就寫封信向母親道歉和感謝吧。我相信，你媽一定會把這封信當成一輩子的寶物。」

「好，我寫。」

「哈哈哈，真是乖孩子。雖然有點讓人操心，但不要緊。若是你能透過這次經驗，學得成熟一點，回家之後，你媽一定也會為你高興。不過，這也是做兒子的，自以為是的想法啦。

「不管怎麼樣，你絕對想不到會跟一個陌生大哥，在這種地方兜風觀光吧？快看左邊，是東京鐵塔。」

從夜裡的首都高速公路上看到的東京鐵塔，比電視裡看到的更大，塔身閃耀著橘色的光輝。四周矗立著許多高聳的大樓，整個東京就像一道道高樓形成的海浪般起起伏伏，分不清哪裡才是地面。原來這就是大都市。

「雄太啊，他最喜歡做討別人高興的事，所以總是得到最多同事和客人的感謝。不過，一說到他的父母，他就完全封閉起來。他父親好像不想見他，所以他堅持『不去見面才是體貼對方』。而母親方面，我只聽他說已經不在了，所以當你說有雄太母親送的東西要交給他時，我真的嚇了一跳。」

「原來如此。阿姨一直沒有忘記雄太，每年他生日都會買了禮物放在身邊沒送給他。」

「我想雄太一定會很高興。那傢伙一定早就明白，他媽媽將他交給父親時的痛苦心情。為了讓媽媽幸福，為了不造成她的負擔，才下定決心回到父親家去的。不過，儘管知道媽媽是騙他的，但畢竟媽媽說過『想自己一個人生活』這句話，所以雄太沒辦法主動去見她。我猜他也一直在等媽媽聯絡他吧。」

「阿姨說的話正相反，她說是自己拋棄孩子在先，哪有資格主動去見他。」

「總之，彼此若是太在乎對方的想法，也是個問題呢。」

「的確……」

「所以啦，一個偶然的機會，出現了你這個天使丘比特。我覺得也許不是偶然，而是一開始就注定好的。」

木原哥的話讓我啞口難言。

因為在我身上發生的種種狀況，全都是走投無路時偶然遇到的。

然而，一對分隔兩地的母子，彼此都想念著對方，都希望有一天能再見面、一起生活的話，那麼在某時某地出現的契機，也許不是偶然，而是必然了。也就是說，對他們兩人來說，我的來臨是個必然？

那天，我回到木原哥家之後，向他借了信紙，給媽媽寫了一封信。但這封信寄到時，我會在哪裡呢……。

第三天　冒險

提起勇氣吧！
錯失這次機會，下次也許不會再有了。

第二天早上，我和木原哥到達店裡時，忍不住張大了嘴，久久說不出話來。

高挑的身軀，窄身皮褲配上背心，深邃白皙的臉，略微燙過的長髮，十足的美男子，哪有一點跟我相似的影子！

「爺爺……」

我不假思索地差點叫出口。

總之，我見到了阿姨的兒子，雄太哥。

「阿姨拜託我把這個東西送來給你。」

我把阿姨交給我的手錶拿給雄太哥。

「這是……我母親……？」

「是的。阿姨每年在你過生日時買一份生日禮物，可是她一直擺著沒能交給你。」

雄太盯著接過去的盒子，好一會兒動也沒動。

我遞上一張紙。

「我想……這是我個人的願望，我想請雄太哥去見見阿姨。她現在住在這個地址。」

「可是我……我去的話……」

「雄太！去吧。」

同事們不約而同地說。

「你現在就去。」

其中一個人指著我說：

「這小子為了來找你，可花光了身上的財產呢！」

雄太低著頭，兩手緊握著盒子，還是文風不動。

木原哥把手放在雄太肩頭。

「雄太，你的心情我懂。但是，你也明白你媽媽的心情吧。每年都幫你買生日禮物的媽媽，不可能不想見你。你們兩個都覺得自己沒有資格去見對方，都覺得若是去見對方時，被對方討厭該怎麼辦。但是，你們母子都思念著彼此。這種時候，誰該採取主動呢？」

「應該是……應該是……」

「對，你明白了吧。有勇氣的那個。錯失這次機會，下次也許不會再有了。就算為了這個小鬼也好，你不覺得現在該是你提起勇氣的時候嗎？」

考慮了半晌，雄太無聲地點點頭。

「好，今天放雄太一天假。你現在就去見她！」

「嗄？慢點慢點，現在就去嗎？」

「是啊。好了好了，別再拖拖拉拉的啦。」

雄太被店長半推著趕出店外。

被關在門外的雄太，霎時有點不知所措。不過他立刻回過神，向店裡鞠了個九十度的躬，說：

「謝謝你們！」

接著便大步向前跑去。

雄太抬起頭時臉上滿是笑意，我想，他一定會去見阿姨的。

我的腦海中浮起阿姨喜悅的笑容。

目送雄太離開的全體人員，接著又一齊把視線轉向我。

「好吧，這次換你了。接下來你打算怎麼走？」

我跳下單車，開始推著它走。

在家平時到哪兒都騎單車，所以我有把握騎再遠都不會累。不過，騎了這麼長一段時間，膝蓋僵了，腰背又痠又痛，連屁股也只要一靠到坐墊，就一陣刺痛。再加上我騎的這輛車，一遇到上下人行道與車道高低差的撞擊時就會鏈條脫落，來到這裡之前，我已經修了四次鏈條了，害得我的手被機油弄得黑抹抹的。這輛大家暱稱為「粉紅豹」的單車，根本與它的名字不相配，因為輪胎快沒氣了，消耗了我大量體力，卻還是走不了多遠的路，真讓我欲哭無淚。

我以為大約花三～四小時就能到達厚木，結果大大出乎預料，而且在我找到他們指點我的246號公路前，不知迷了多少次路，所以一直到天色完全暗了下來，我才終於越過川崎，到達橫濱，到了該地就用了四小時。我開始後悔早上為了避開暑熱而太晚出發。

接著又經過了許久。

我又餓又累，肌肉痠痛和精神疲倦讓我手腳有點不聽使喚，不過我還是推著單車爬上平緩的山坡。

我察覺到後面也有輛單車靠近，於是盡可能靠向路邊。

那輛單車並沒有如我預期地經過我，反而在我身旁發出「嘰——」的刺耳煞車聲，減慢速度停下來。車上的人向我搭話：

「喂，你停一下。」
我反應遲緩地轉頭看他，原來是一個警察。
（糟了！）
我的脊背倏地伸直，動也不敢動。
「你得把車燈打開才行啊。」
「啊，對不起……」
「不過，你這車沒有燈嘛。」
「是的……對不起。」
警察看我這個舉止可疑的小鬼，理所當然似地問道：
「這輛自行車，是你的？」
「不是……那個……是我借來的車。」
「向誰借的？」
「吉祥寺一位美容師。」

「吉祥寺？你從吉祥寺來的嗎？」

「不是……那個……我剛才是從吉祥寺騎來，不過……」

「你家住哪裡？」

「熊本。」

「熊本！」

不知是不是因為這個小平頭的年輕人，對他的問題都回答得太無厘頭，而覺得很滑稽，那個警官笑咪咪地打量著我。

「同學，你是高中生？」

「是……沒錯。」

我還是很緊張，神情不定地看著那個人的臉。

「叫什麼名字？」

「我叫秋月和也。」

「那你現在要去哪裡？」

「去厚木。借我這輛車的人叫做山本。我要把這輛車騎回山本先生的老家。」
我把山本哥老家的地址拿給警察先生看。
警察打開手電筒，檢查了一下自行車的登記號碼。
「先查驗一下吧。」
他喃喃自語似的說著，又用無線電說了些話。
「為什麼住在熊本的人，會騎上吉祥寺美容師的單車到厚木去呢？」
「這個嘛……有點說來話長。……」
「沒關係，站在這裡會阻礙交通，我們回派出所去吧，就在前面而已。」
聽到派出所的當兒，我想我應該擠出了應酬的笑容吧。
這位名叫太田的年輕警官，剛開始還做出要寫筆錄的樣子，不過聽起我的故事之後，他把黑色封皮的筆記簿合上，偶爾發出笑聲，神情愉悅地聽得入神。

在說這些過程時，他端了一杯冷茶，還拿了點心出來給我。緊繃到極點的我，雖然沒法卸下警戒，但是隨著疲勞而來的飢餓與口渴，再也難以忍耐。茶和點心才剛放下就立刻被我塞進嘴裡了。

「哈哈，看來你真的餓壞了。」

他邊說邊笑，又從裡面拿出點心出來補上。

「原來是這麼回事。總之，那個在吉祥寺K美容院工作的山本，因為自己老家在厚木開的拉麵店很有名，經常有長途卡車司機光顧，所以才建議你到店裡找找有沒有願意讓你搭便車的人。如果你願意的話，他就把腳踏車借給你，騎到厚木的話，只要把車子放在老家就行了。對嗎？」

「對的。……」

「哎呀，不管怎麼說，這真是一次很有意思的旅行呢。現在的你，也許無暇去體會它的趣味，不過，你現在所經歷的，一定會成為你人生中難忘的經歷。而我能在這段歷程中與你認識，是我的榮幸。」

「真的嗎？」

「真的呀。因為，你會一輩子記得我，對吧？不過，記不記得不重要啦，倒是你接下來要怎麼走。按照原定計畫把單車送到目的地也行……」

太田警官邊說著瞄了一下手錶，已經夜裡十點多了。

「現在就算你按著這張紙所寫的地址，把單車送過去，到你要去的拉麵店，看你一臉油污、又黑又髒，還滿身是汗，恐怕很難找到卡車司機願意載你吧。而且，我看你的樣子也很累了。」

我看著反映在玻璃窗的自己，的確臉上被油污弄得烏漆抹黑的。可能是我無意識間摸了臉的關係。

「正好，我也剛完成今天的勤務工作，要準備回家了。如果你願意的話，要不要來我家？我們在這種狀況下認識，也算是一種機緣。當然，先把自行車送去還，然後洗個澡把自己弄乾淨，填飽了肚子，好好休息一番，明天，我再帶你去找願意載你一程的人，你覺得怎麼樣？」

「不會麻煩你嗎？」

「當然。不過，有件事你得先把它做好。」

「什麼事？」

「給家裡打個電話說清楚。」

「我明白了，能不能跟你借個電話呢？」

「沒問題，請用。」

太田伸出手，指著派出所的電話。那台已有相當年份的黑色電話機，話筒相當重。

儘管我昨天一整天都沒打電話，但母親似乎一點也不擔心的樣子。

「哦，那你現在在哪兒？」

母親略帶著驚奇的口吻問道。從她的聲調來看，心情好像還不錯。

「小田原的派出所。」

母親對這個回答確實吃了一驚，不過後來我又說，有位太田警官願意讓我借住一晚，她好像也就放心了。

山本哥的老家相當不好找，而且門上沒掛名牌，如果我一個人來的話，一定又要迷路浪費時間了。太田警官看了一眼紙上的地址，只在派出所內貼的地圖上大略掃過，就準確地把我帶到山本哥的老家了。

真不愧是警官。

隨後，我跟著太田警官回到他家。

第四天　往四國

人生並不是不明就裡地去追求別人口中的幸福，去獲得別人擁有的東西。
不是為了把人生浪費在追求那種無聊的事物上。
不管別人說什麼，認真面對自己想要做的事。
因為這人生不是別人的，是你自己的。

第二天早上，我有點擔心前一天的疲勞還沒有消退，還好我還是比太田警官更早起。

先把想到的地方都打掃過一輪，一起吃早飯，上午太田要我陪他玩玩他的嗜好。

健身。

太田小小的房間裡，擺了一架臥舉床和啞鈴。

「幫我個忙吧？」

太田這麼說時，我有點不知所措。我的任務就是在太田躺下後，站在他頭頂附近，把他要臥舉用的槓鈴抬起來。

太田橫躺著，用手掌從槓鈴的兩側計算距離，然後一把握住。這時，他發出一種近乎怪異的呼吸聲：

「虎ー希、虎ー希、虎ー希。」

實在想不到從太田的體內會發出這種「虎ー希」的假音，而且還漸漸加速。我忍不住噗哧笑出來，太田的臉倏地漲得通紅，一使勁把槓鈴舉了起來。我慌忙把它抬上去，差點閃到腰。

健身訓練持續了約一小時。

配合他的動作，我也等於被操了一頓，不禁對自己的瘦弱體質感到丟臉。

「你每天都做健身嗎？」

「沒有每天，因為一星期只有一天哪……休假。」

太田撐著鼻翼這麼說。好幾分鐘之後我才意識到，太田警官這句話是打算搞笑吧。太田警官每次說笑話的時候，一定會張開鼻翼。

這一天太田輪休，沒有當班。

他對我這趟旅途細細詢問了一番之後，中午我們一起坐車出去。

據太田說，若是想找長途卡車，到高速公路的服務站可能比厚木的拉麵店更好。所以我們上了東名高速公路往西行，打算到足柄服務站去看看。

這趟旅程開始後，這是第一次有接近家門的感覺，我的心怦怦跳得飛快。

「不過，和也，你每到一個借宿的地方，都那麼早起，幫忙打掃浴室、廁所和洗碗嗎？」

「因為大家讓我白吃白住，這一點小事是我該做的……」

「哦，你的家教很好呢。如果你每次來都能這麼做，那麼隨時都歡迎你住呢。我想你到任何地方都能得到這種歡迎。」

「其實，我沒說實話。」

「啊？……你說什麼？」

「其實，到第一位讓我寄宿的阿姨家時，我只會乾坐著，什麼事也沒做。後來阿姨罵我，這副德性別想成為一個受人歡迎的借宿客。所以，我才開始學著幫忙。」

「原來還有這麼個過程啊。不過，這位阿姨教你的道理，真的受益無窮啊。」

「我也這麼認為。剛開始只是因為她叫我做我才做的。但做了之後，好像上了癮一般，我變得喜歡做這些事，真是妙極了。不但不覺得辛苦，而且還越做越開心，幹勁十足呢。」

「的確。你說得很有道理。你知道這是什麼緣故嗎？」

「不知道。我自己也覺得不可思議。」

「因為你是人類。」

「人類……？」

「對，因為你是人類。」

「為什麼我是人類，所以會喜歡打掃別人家呢？」

「人類，不對，可以說只有人類，喜歡看見別人開心的表情，為了它，人類願意付出一切。

「當然，你並沒有付出一切，但是看到投宿家主人的開心表情，你一定也感到開心吧。

「在別人感到喜悅時，自己也會得到同等的喜悅。

「所以，你願意越加勤奮地打掃，打掃的時候，你是抱著『如果我這麼做，對方一定很開心』的心情吧。」

「真的。剛才在打掃時想到太田警官看到時，一定會很開心，所以就笑嘻嘻地刷起馬桶來。」

「每到一個地方，你在投宿的地方不感到辛苦，而是因為發生了相反的效應。我看到一個從熊本來的少年有困難，想要為你做些什麼，是因為當我讓你感到開心時，自己會比你更開心。川崎的阿姨、吉祥寺的美容師都和我一樣。」

「你說的不錯，不過，我其實有點意外。我從前不知道讓別人開心，自己也會開心……甚至可以說我覺得自己是個討人厭的傢伙……看到別人開心的模樣，心裡就冒火。」

「那是因為在學校裡，有時候會讓人產生不必要的自卑感。看到別人得到好成績，受到稱讚的經驗，很容易轉變為否定自己的情緒。然而，實際上，每個人都喜歡看到別人的笑臉。心裡的某個角落會為了讓別人開心而努力。既然你發現了自己的這一面，就要好好珍惜它。」

我默默地點點頭。

「還有……」

太田浮起意味深遠的笑。

「還有？」

「和也，你還沒有女朋友吧？」

「嗄！……我……」

冷不防冒出的問題讓我一時難以招架。

「一個自然能為別人服務的人，一定會有女人緣哦。」

「這……不見得吧。」

也許被他猜中我沒有女友，心裡有點氣惱，我故意冷淡地望著窗外。

「真的哦。你相信我。反正現在的你已經充分具有受歡迎的特質了。回家之後，要不要對你心儀的女生告白看看？」

「我沒有心儀的女孩啦。而且我也……」

「少騙人了。一個男孩子哪可能沒有喜歡的女生。」

「真的沒騙你啦！」

「哈哈哈。真的嗎？好啦、好啦。那就可惜了。如果你有打算告白的對象，我還想傳授你幾招告白的方法，讓對方絕對喜歡你呢……」

「……」

我盡可能裝出不在乎的樣子。

被山巒圍繞兩旁的道路前方，可以看見富士山。

「太田警官也是為了想看更多人的笑臉、想為人服務，所以才當警察的嗎？」

「是啊……這個回答聽起來很酷吧。可惜並不是。

「當然，現在我是抱著這種心情，每天在為民眾服務啦。不過，最初我並不是為了這個目標才選擇當警察的。

「每次別人問我這個問題，我都隨便應和過去，不過對你，我必須說老實話。」

「老實話……？」

「我是因為無法原諒自己的軟弱。我跟你一樣，一開始時都是為了保護自己而說了謊。」

「說謊……？」

「國中一年級的時候，有一天午休我和小學時候的兩個好友，一起到操場踢足球。平常我都從教室帶球出去，可是那天，我心想先出去再說，到時再看怎麼做。到了操場上，我發現足球器材室的門開著。那裡放了很多球，就進去隨便借了一個來用了，因為其他人也會從那裡拿球。

「然而，那些人都是足球部的隊員，而我不是。當時我沒考慮那麼多，只是一心想早點去玩。

「我們三個人一下子傳球，一下子搶球，玩得不亦樂乎。就在另外兩人一對一相互爭球的時候，不知誰的腳一踢，球重重地彈飛起來。

「他們兩個人競相去追球的那一瞬間，其中一人猛然被人從旁揍倒在地。事前毫無徵兆，我站在較遠處，但也嚇呆了，僵立在原地，動也不敢動。」

「是足球部的學長嗎？」

「沒錯。而且是個非常恐怖的學長。最倒楣的是，我選的球跟其他球不同，是一顆高價皮製足球，專門用在正式比賽。那個學長的體格跟我們宛如大人對小孩，他一面怒吼著：『這種球不是你們這些混蛋用的！』順道從地上抓起我朋友的胸口把他丟出去，在他躺平後又補上三腳。另一個一起追球的朋友，只能全身發抖地站在一旁。學長的視線又轉向他，我那朋友一再地說：『對不起、對不起』，嚇得兩腿發軟，然而學長完全不領情，同樣把他抓起來又打又踢。」

「太田警官……」

「對，問題在我。當時如果我挺身而出，老實說出拿球的人是我的話，我現在就能充滿自信地活下去吧。可是，我做不到。我站在稍遠之外，恐懼地看著事情發生，卻沒有做出任何行動。如果只是那樣還好，不知是運氣太差還是怎樣，那個學長察覺到我的視線吧，他把兩個一年級又打又踢之後，轉頭看看四周，尋找其他同夥的人。就這樣，與我的視線相對了。霎時，他大聲吼道：『你也是嗎？』」

「哇，這下完蛋了。」

「是啊，當時我也這麼想。但是，我卻只是死命地搖頭。」

「那是因為……」

我心情變得複雜起來。這件事太嚴重了。如果我站在同樣的立場，一定也會和太田一樣吧。可是如果站在朋友的立場，一定無法原諒太田的。

「學長撿起了球離開了操場。可是，那兩個被當作破抹布丟在操場上、不斷哭嚎的朋友，牢牢地注視著我。我沒有走向他們，只是呆立著。不久之後，他們互相探問『你還好嗎？』慢慢站起來，滿腹委屈地流著淚走回教室。」

太田開著車，眼光注視著遠方。

「當時的事一直記憶在我腦海裡。我痛恨自己的軟弱，不知後悔了多少次，為什麼當時不拿出勇氣來。

「當然我和兩人的友誼也結束了。不只如此，一整年我都被鄙視為膽小鬼。這真的很痛苦，可是我連反駁的資格都沒有。

「從此之後，我開始鍛鍊身體。我想只要把身體練好了，就會建立自信吧。我學習空手道和柔道，一心一意想要變得強壯。於是，我決定成為警察。不是為了服務民眾，而是因為只有從事這個工作才能原諒那個懦弱的自己。從小我就認為警察的工作就是英勇面對危險環境。」

「太田警官是個有勇氣的人呀。如果我站在你的立場，雖然很痛苦，但是我恐怕沒有信心能鍛鍊自己再站起來。」

「不過，我以為一定要變得剛強，才會產生勇氣，所以鍛鍊身體，學習空手道和柔道，然而一個人能不能產生勇氣，真正需要的不是剛強。」

「那是什麼？」

「產生勇氣所需要的是愛。」

「愛……？」

「是的，是愛。也就是關懷對方。對人類抱持著愛心，如果沒有愛，就無法生出邁步向前的勇氣。

「你慢慢就會懂了。

「剛才也說過吧，人為了看到別人開心的神情，就算沒有利益也甘願為別人做很多事。如果對方是自己心愛的人，那更是不用說了。為了看到自己心愛的人開心，不論什麼事，都會努力去達成的。」
「太田警官，你有心愛的人吧。」
「嗯。……哎，這個，是啊，我下個月結婚。」
「嗄！真的嗎？恭喜恭喜！」
「謝謝。哦，距離足柄服務站還有兩公里。快到了哦。」
「太田警官，下車之前我有件事想問你。」
「你說。」
「讓對方一定喜歡我的告白方法是……」
「什麼嘛，原來還是很在意啊，哈哈哈。」
此時沒問的話，可能一輩子都會後悔吧。

到達服務站，太田說：「我陪你一起找吧？」

不過我酷酷的說：「沒關係，我自己找就行了。」

難得到了這個地方，接下來我想靠自己的力量想辦法回家去。心中升起一股強烈的意志力。

「我去裡面喝咖啡，如果問到有人願意載你，告訴我一聲。」太田說完，走入餐廳中。如果沒有人願意載，那就一起再回太田家，改變策略。

我看著從大卡車上下來的人。

從卡車上寫的文字和號碼，大概可以猜出他們的目的地。

我想盡可能找到往九州方向的卡車，但一直沒發現九州方面的車輛。

觀光巴士雖然多，但這個時間，也許不是卡車流通的時間。

「暫時不管目的地了，只要往西都行。來找個願意載我過去的人。」

我拋開直往九州的奢求，從最角落的車開始問起。

走近卡車，就被那巨大的車身嚇到。
有些車引擎還開著，可能在裡面小睡吧，幾乎沒有人從車裡面出來。
終於，有人注意到我。一頭捲毛燙髮加上一臉落腮鬍，還戴著狀似黑道的墨鏡。我失去招呼的勇氣，只點了點頭，就腳底抹油，先溜了。
就算他能載我走遠，這種恐怖的人還是別碰為妙。
車裡只有我和他，該說什麼話好呢……不，能有話聊還算是好的，若是一直默不吭聲，那才傷腦筋呢。還是找個面貌和善的人好了。
我往第二輛卡車的駕駛座探頭一看。
「哦，小兄弟，有什麼事嗎？」
回頭一望，映入眼簾的是個光頭大叔，比剛才那個捲毛更具威勢，下巴的一撮小鬍子十分懾人。他肩膀上掛著毛巾，手上拿個桶子，裡面放著洗髮精等盥洗用品。
「你，你叫我嗎？」

「當然，這裡還有別人嗎？」

「我……請問一下，我在找人載我一程，不管到哪裡都行。」

「你高中生？」

「是……」

「你想去哪裡？」

「從這裡往西走的話，哪裡都行。」

「你從哪裡來？」

「我從熊本。」

「來吧。」

「嗄？」

「叫你上車啊。快點！」

「這……那個……」

「快點啊，小兄弟。你要坐還是不坐？」

「我坐我坐。謝謝。不過，能不能等我一下？剛才有位先生載我到這裡來，我得去跟他說一聲。」
「我等你五分鐘。從這裡算起第四輛車，看到了沒？」
「好，我馬上過去。」
我跑到太田的座位，向他道謝。
太田伸出手，我抱著無比感恩的心情握住他的手。
「我們一定會再見！」
「好，一定會。」
我轉身向前跑。眼眶溢滿了淚，不敢再回頭。
太多美好的相遇，以及離別。
大家都對我好親切，不只如此，每個人都教了我非常寶貴的一課。
可是我還不能回報他們，就必須說再見。
一想到這裡，我的淚水止不住地流出來。

然而，當我往停車場跑去時，不捨的感情也漸漸消失。
我無暇沉浸在傷感中，因為又有新的機緣在發生。
現在的我必須往前看。

大叔的卡車車牌是愛媛縣的。
「讓您久等了。」
「哦，快上來吧。」
我第一次坐上大卡車的副駕駛座，位子非常高，看到的景象也跟一般車子不同。驀地覺得自己好威風，心情也雀躍起來。
「風景很好吧！」
「是。感覺好興奮。」
「因為你是第一次坐啦。我們走嘍。」
「好。請問您貴姓……」

「柳下。」

「柳下叔，多謝你了。」

「哈哈哈哈！對啦，不用拘束。我現在得趕到松山去。有個說話的對象也好，這樣才不會無聊。你想下車的時候隨時告訴我。看是大阪還是松山，或是中途下車也行。」

「謝謝。」

柳下叔一點也不像外表凶巴巴的樣子，是個非常爽朗、善良的人。一開始聽起來有點恐怖的說話方式，馬上也就習慣了。

車子順利往西前進。

我的心情也隨著開朗起來。

「你這小子，真是個傻瓜。如果你再不丟掉那一文不值的自尊心，以後還有得你受哦。如果是個男人的話，自己做個老鼠頭套弄一張合成照片，讓他們看看你搞笑的功夫嘛。」

「搞笑……嗎？」

「對啊。你為了自己說的謊不被戳破，千里迢迢跑到迪士尼樂園去。明明一個人去一點都不好玩，只拍了照片就回來，有什麼意義？你的腦袋裡只想到自己。

「你想想看，他們看到那張照片的剎那，會是什麼表情？

「你拿出照片時其實一點也不開心，質問你的朋友面子不保，那看照片的同學呢？既不感到有趣，也沒有任何感動。更何況，你想像一下他們心裡怎麼想吧。如果有人揭穿你『那傢伙好像後來一個人跑到迪士尼去了』那就更糟了。但是，這個可能性很大吧。

「誰都沒有得到好處。你沒有，質問你的朋友沒有，周圍看熱鬧的朋友，大家都覺得掃興。

「但是，如果你把它改變成笑話的話會怎麼樣？把你戴著滑稽老鼠帽的大頭照，黏在雜誌剪下的圖片上，然後大大方方地拿給他們看。

「有誰會吃虧呢？你成了好玩的人物，質問你的朋友也保住了面子，周圍的同學一起大笑結束。

「你只想到解除自己的麻煩，所以才會做出這種莫名其妙的事。

「說了謊沒有關係，但是若是為了打擊別人，或是保住自己顏面而說謊，那就差勁透了。

「還不如想想該怎麼做，才能讓大家開心歡笑。」

柳下叔說的話真是一針見血。

我只想到自己的顏面問題。

聽到柳下叔說，實在該為當時質問我的史彌想想，我現在回想當時的行為，覺得自己真是個心胸狹窄的人。

「柳下叔，你說的真對。我真的該那麼做。我……我一點都沒有顧慮其他人的感覺……只是想盡辦法保住自己的面子。為了保護自己，就算讓別人顏面盡失也不在乎……可以說我根本沒想到這些……不過，聽了柳下叔的話，我覺得自己好小氣，好差勁，而且好慚愧。柳下叔，你真厲害。」

「等等，我要錄音，你再說一次，回去讓你媽聽聽。」

柳下叔做出用手機錄音的動作。

我遲疑著，再說了一次。

「柳下叔，你真厲害！」

「嗯，你這小子有出息！今天每十五分鐘就說一次！」

柳下叔半開玩笑半認真的神情這麼說道。我也一本正經地回答：「知道了。」

柳下叔朝我瞥了一眼說：

「小弟，你太一板一眼了。活得自在、快樂一點吧，要不然人生很無趣哦。」

「自在、快樂嗎……好……我會的。」

「無所謂啦。小弟，你以後有什麼夢想嗎？」
「夢想……現在還想不出來……」
「怎麼會？高中畢業之後你想做什麼？」
「高中畢業之後就讀大學，在大學找到自己想做的事，然後找工作吧。聽起來好像很平凡……」
「那麼，你認為未來怎麼樣的人生最完美呢？」
「我不知道。進一所素質高的大學，進入安定、薪水高的大企業任職，是不是完美呢？……」
「哎喲——。算了，算了。若是年輕人都像你這樣，這個國家的未來真令人擔憂。你這個傻瓜，給我戴上。」
柳下伸手到儀表板上的置物箱，慢慢地抓出了眼鏡，丟在我腿上。
「戴眼鏡……？」
「對呀！笨蛋！快點戴上。」

「可是……我的眼睛沒有近視。」

「多嘴。叫你戴你就戴。果然最近的年輕人做什麼事都講理由，以前哪，前輩叫你戴，不說二話馬上就得戴起來。現在的人，做什麼事都要問為什麼。」

我慌忙把眼鏡戴起來。

「對不起……那個，我戴好了。」

「就這麼戴一會兒吧。」

「是……是。」

在這種事態下，我也不敢再問理由了，暫時戴起柳下叔給我的眼鏡。為什麼像我這種傻瓜得戴眼鏡呢？我完全摸不著頭腦，只隨著車子舒服的搖晃。

柳下叔不再說話，沉默地開著車。

我沒法拿下眼鏡，也找不到說話的時機，只好從副駕駛座眺望窗外的景色。

副駕駛座的照後鏡映出我的臉。

戴著黑框眼鏡的我怪異得令人失笑。而且……

「對不起，柳下叔，眼鏡該可以拿下來了吧。我……」

「不行！像你這種傻瓜，在領悟到自己是傻瓜之前，不准拿下來。」

「可是……戴久了有點不舒服……」

「管你的！傻瓜！」

柳下叔沒把我的話當成一回事，繼續開著車。

我戴著度數不合的眼鏡，在車子的搖晃下，突然湧上一陣噁心感。我只好拚命忍耐，別讓自己吐出來。

柳下叔可能看到我的樣子不太妙，突然打著左邊的方向燈，把車開到停車場去。

「去洗把臉吧。」

我照著他的話下了卡車，到廁所的洗臉台去。

洗了臉，看看自己，發現整張臉變得煞白。

「這次遇到一個不講理的人了。」

原以為柳下叔是個風趣的人，沒想到卻突然對我做出這種奇怪的要求，真是個捉摸不定的人啊。

我嘆了一口氣，重新調整心情回到卡車邊。

看著我的臉，柳下搖著頭皺起眉頭。

我心頭七上八下，不知自己是不是犯了什麼忌諱，可是怎麼想也想不出來。無奈之餘，我只好說：

「大叔……我洗好臉了。」

「好吧。沒事了，上來吧。」

柳下叔浮起苦笑道。

「謝謝。」

我照他吩咐，坐回副駕駛座。

「開車之前，有件事我想問你。你為什麼要戴上那副眼鏡？」

「啊？因為，是柳下叔你叫我戴的……」

「我叫你戴又怎麼樣？」

「你叫我戴，當然……」

我暗想，這個人怎麼蠻不講理啊，不過我不敢說出來，想必說什麼也是白說吧。心裡有一半氣得發抖，便像個被罵的小孩聳起肩，脫下眼鏡。

柳下叔的表情霎時變得柔和起來，他開口說道：

「我說，兄弟。不論什麼人說什麼，你的人生只屬於你自己。別人叫你做你就做，別人叫你不做你就不做。過著這種生活方式，你覺得你有信心對自己的人生負責嗎？

「對自己的決定不負責的生活方式，是周圍的大人創造出來的。

「你在學校一定是個好學生吧。

「老師叫你做你就做，叫你不做你就不做。心裡頭明明覺得這大叔說的話有問題，但還是聽從，為什麼呢？
「是害怕嗎？還是算計？
「害怕被別人罵嗎？還是一旦反抗的話，就會得低分，被嫌棄，最後上不了大學了。所以你才言聽計從嗎？反正一定是其中一種吧。
「現在的狀況應該也是一樣。不過，這也不能怪你，也許你已經養成習慣，不論遇到什麼事，都不經思考，只是盲目地照著別人的吩咐做。但是，最原始的思考方式應該有兩種，一是害怕——這個大叔生氣的話很可怕，二是算計——不聽他的話，可能會趕我下車怎麼辦。
「聽好了，小兄弟。千萬別用這種態度生活啊。
「不管對方是老師，還是長相可怕的大叔，只要說的話沒有道理，你就該拒絕。」
「可是，柳下叔不是說，以前前輩叫你做什麼，你也是不問理由就做了啊？」

我幾乎快要哭出來，但還是不服輸地質疑。

「對，我是說過。對我由衷尊敬的前輩，如果他要我做什麼，我有不問原因、做到底為止的心理準備。但是，如果不是我尊敬或不相干的人下命令，要我不思考理由就盲目聽從，這種事老子可不幹。而你呢？你是因為尊敬我，所以無論如何都必須戴著眼鏡嗎？你努力思考過才得出這個答案嗎？應該不是吧。只是別人叫你做你就做，就這麼單純而已吧。

「聽好了，小兄弟，你的人生只屬於你自己。發生的一切你都必須自己扛起責任。不管你面對的是大人，還是老師，若是想靠言聽計從，而得到想要的東西，你就失去了自己。然後，你就會把因此發生的事怪罪到別人身上，而不會反思自己。懂嗎？」

「比如說，如果你繼續戴著眼鏡坐著，結果吐了。那時候你會怪誰？對，你一定怪我吧。但是，聽了我的話，不敢把眼鏡摘下來的人是你啊。

決定的人也是你。

「再說，如果你不聽我的話，立刻把眼鏡摘下來。最糟的狀況就是我當場趕你下車，因而淪落到找別的車載你的地步。那時候是誰害你這樣的？你一定會坦白承認是自己決定錯誤造成的吧。是自己不該在足柄找錯了司機，是自己拿下眼鏡害的。你懂了嗎？」

「……」

我似乎明白了柳下叔想說的意思，所以默默地點點頭。

「我對你說的話蠻不講理，你也覺得沒道理，可是自己卻不思考，而照著吩咐去做。也許你覺得這有什麼錯？

「但是啊，學校老師說的也全是胡說八道。等你走出社會，也會遇到只會胡說八道的上司。你要做個用自己的量尺判斷、自己思考的人。自己的人生不要被其他傢伙胡說八道的命令搞得亂七八糟了。

「為了對自己的決定負責，不論誰對你說什麼，你都要堅定自己，不隨之起舞。我想說的就是這些，懂了嗎？」

柳下叔一語道破我的弱點。

他說得一點都沒錯。從小到大的學校生活中，不知不覺地養成了這種壞毛病吧，我成了只會聽從命令的人。從不仔細想想，那個命令背後的原因是什麼。而且，說到自己遵從的原因，的確也如柳下叔所說，不是害怕就是算計。

「柳下叔，我想說……謝謝你。我懂了。我以為柳下叔說話亂七八糟，但說不定我才是最亂七八糟的人。決定照別人的話做的是自己，因為是自己決定的事，我就必須負起責任。」

「小兄弟，你明白了吧。沒錯，亂七八糟的地方在於，明知是個荒謬的命令，你卻毫不置疑，只因為別人叫你做，你就做了。主管要你賣一件產品，不思考它對身體好或不好，不思考對環境有益有害，反正就去賣了。這種逃避責任的生活方式，最是亂七八糟。」

我從來沒想過，自己過的是一種逃避責任的生活方式。

但是，事實上，當別人口氣強烈，自己就不敢拒絕。儘管覺得不太對勁，還是只能遵從，也許並不是別人的錯，因為是自己決定遵從的。但明明可以決定不遵從而活的。

「好吧，我們出發嘍。」

柳下叔再次發動車子。

我在廁所洗臉的時間，他好像去買了飲料。

「喝這個吧。可以解暈車。」

柳下叔丟給我。

「謝謝大叔。」

「嗯！不客氣。」

柳下叔打開收音機，響起了演歌音樂。

「日本人哪，還是演歌最好聽啊，小兄弟。」

我只有苦笑。

眺望著窗外景色，我思索著柳下叔教我的道理。

從小到大，為了沒有「好好聽話」不知被大人罵了多少次。

但是因為「不准聽話」而被罵，這倒是第一次。

隱約感覺到，雖然大人們教育得亂七八糟，但也許是因為這些大人的存在對我們很重要吧。

「柳下叔，你有沒有小孩？」

「有啊。有個女兒快三十歲了。」

「是嗎？你女兒很幸福呢。」

「為什麼這麼說？」

「因為我從來只會被大人罵『你給我好好聽話』，從來沒有被罵過『不准聽我的話』。能教孩子這種道理的爸爸真了不起。」

「這些話，我這輩子還是第一次對別人說。」

「啊？」
「我沒有對女兒說過。」
「怎麼會？」
「嗯。所以我女兒因此離開家了。
「我一直希望女兒能隨心所欲地做她想做的事，所以從小到大，從來沒對她囉嗦過半句。然而，人生中總會遇到重要抉擇的時候，在那個時刻，我反對了女兒想做的事。
「我做了一件同樣跟剛剛對你做的事。後來，女兒放棄了自己的意願。之後，有些重要的決定，我也插手反對。既然被我反對而必須放棄，女兒乾脆從一開始就放棄了。
「去年，她愛上了一個人，把他帶來見我。
「我沒聽她任何解釋，劈頭就罵她：『這種傢伙不可能給妳帶來幸福！別跟他在一起！』於是，女兒離家出走了。

「她終於不聽我的話，能夠自己決定自己的路了。」

「您真的這麼想嗎？」

「那個年輕人是個正派的好人，配我女兒都嫌可惜了。他至今每個月都會寫信給我，希望我接受他們。我心底也想過，該給他們祝福了。」

「柳下叔也不老實嘛。」

「輪到你這麼說我，還早一百萬年呢。哈哈哈……」

「不過，大叔既然真的想接納他們，卻說這種謊，女兒會恨你的喲。」

「我這個人哪，求的不是女兒喜歡，而是她能過得幸福啊！你懂嗎？小兄弟。」

我突然覺得，這一刻的柳下叔實在無與倫比的帥。

不求女兒喜歡，只願她能過得幸福。

這位大叔活在世上，只為了最疼愛的人吧，所以才能那麼想。

「倒是，小兄弟，你還是不明白我為什麼要你戴眼鏡吧？」

「嗄？您不是為了教我，不能盲目聽從別人的話才叫我戴的嗎？」

「我說你這小子，別把我跟那些壞心眼的上司混為一談。那種人只是喜歡自我膨脹的人罷了。我是因為還有重要的道理要教你，才叫你戴眼鏡的。跟剛才那些胡說八道沒關係。」

「真的嗎……唔，我完全沒想到。」

「拿你沒辦法，告訴你好了。這個道理很簡單，就是用別人的眼鏡看世界，這世界就只充滿了必須忍耐的痛苦。我想教你的就是這點，懂嗎？笨蛋！」

「別人的眼鏡……啊？」

「是啊。每個人都有最適合他的眼鏡。你現在明瞭戴別人的眼鏡看世界，是什麼樣子了吧？」

「馬上就很想吐，根本看不到外面哪。」

「就是啊。那些戴別人眼鏡看世界的傢伙，總是習慣把生活不容易啦、多麼辛勞啦、沒一件好事等掛在嘴上。要我來說，他們當然會那麼想，因為用別人的眼鏡，根本看不見世界嘛。

「你也是一樣。

「在哪裡聽到某某人談幸福，看到電視上說幸福，就決定了幸福是什麼。這種傻瓜滿街都是，但他們全都是戴著別人的眼鏡嘛。

「繼續這樣下去的話，你啊，總有一天會像剛才那樣，只看一眼就覺得頭昏眼花，噁心想吐。多想想自己想做什麼，自己想要的幸福是什麼吧。

「人生哪，並不是不明就裡地去追求別人口中的幸福，去獲得別人擁有的東西。

「你生下來不是為了把人生浪費在追求那種無聊的事物上。

「把別人的眼鏡丟掉！

「不管別人說什麼，認真面對自己想要做的事吧。

「因為這人生不是別人的，是你自己的呀。懂嗎？小兄弟。」

我湧起一股真誠的感動。

以前我在心中描繪的未來理想圖，的確不是發自內心的。

大學並不是我非走不可的一條路。就職方面雖然我還不太明瞭，但總覺得進一家有名的大公司，就能當一個成功的人，而且還能向別人炫耀。……平心而論，我根本還沒仔細思考過那些事情。

只不過，不明所以的就覺得那是幸福的人生吧。不知不覺間，我遵循起別人烙印在我腦中的思考方式了。

有生以來，這也許是我第一次把心中戴別人的眼鏡拿下來。

感覺到自己通往未來的路，既光明又清晰。

我從來沒有這種感覺。

「這是自己的人生，應該用自己的價值觀，隨心所欲地生活。」

這麼簡單的道理，為什麼我從來沒發現呢？總是在意別人的眼光，總是必須穿上別人覺得夠酷的衣服，總是過著只要別人嫌土的衣服，就算再喜歡也不敢穿的人生。

沒錯，以前真是太沒種了。

我注視著柳下叔。

幹勁十足地邊哼歌邊開車的柳下叔，看起來真是酷斃了。

「柳下叔，謝謝你。我以前好像一直戴著別人的眼鏡生活。現在我終於明白了。」

「嗯，小兄弟。既然明白的話，你就能用自己的眼睛看世界了。感覺怎麼樣？完全不一樣吧。」

「對。完全不一樣。因為我不論想做什麼都行了。」

「嗯，對極了。你的人生由你自己決定，做什麼都行。別人決定的價值觀都去吃屎去吧！哈哈哈。」

看來我必須從頭思考一下，自己真正的興趣在哪裡。

從來沒認真想過自己的興趣，這個事實對我打擊很大。但同時能夠從頭捫心自問，卻也是個新鮮的經驗。

彷彿要補回在關東滯留的三天，卡車輕快地向西邁進。在車裡，我第一次思考著自己究竟是什麼。

獨自在車裡等大叔的期間，我的心頭澎湃不已。

柳下叔回來了。

「喂，這個你拿著。」

「好。」

大叔給我的是船票。

「不好意思，剛才有些塞車，所以本來要搭的船沒趕上。剛才那艘船的話，會在松山停一下，然後直接到大分去。既然沒趕上，就坐現在這隻郵輪，它明天早上會到達愛媛的東予港。從那裡坐車到松山約一個小時。工作結束之後，我載你到出船往大分的港口。大概明天中午就能到達去大分的郵輪碼頭了。到時候你自己再看著辦。」

「謝謝大叔，但是我們還是要從大阪坐船到四國吧？」

「對啊。平常的話，我就一口氣趕到岡山，過瀨戶大橋到四國。不過今天就這樣吧。雖然多花點錢，但比較輕鬆。」

這也是我第一次坐郵輪，眼前的巨大船體令我震撼，心情隨之昂揚起來，一點也不在意錯過前一艘船可以直達大分的遺憾。

到了搭船時間，一輛輛車陸續被吞進船腹中。等我們的卡車也在郵輪裡就定位，固定車體之後，就轉往客艙內。

從停車場我們踏上兩側鑲滿鏡面的手扶梯，到達上層的客艙。

客艙就像一流飯店的大廳，超乎想像的豪華裝璜讓我大為雀躍。
我們住的房間有兩條走道，各別設置了上下兩層臥鋪共十六張。柳下叔確認鋪號之後，指著床說：
「你睡上面，我睡下面。
「我去洗澡，等會兒回來就睡了，你想做什麼自便。」
柳下叔說完，把行李丟進雙層臥鋪的下鋪，拿出毛巾披在肩頭就出去了。看來船上連大浴池都有。
我立刻爬到床上，把隔簾拉起來，平躺下來。
天花板很低，一伸手就能摸到。
柴油引擎的振動直傳到背心，躺著都還會些微地左右搖晃。
順利的話，明天傍晚就能到達九州了。
總算就要接近家門了，想到這點，我的心情就無比的輕鬆。
我一時太興奮，根本一點睡意都沒有，便從臥鋪跳起，在郵輪裡四處走走逛逛。

大廳、交誼廳、餐廳、販賣鋪、遊戲廳，還有只限高級客房的旅客才能進去的地方，那裡看不出有人特別在看守的樣子，心裡雖然怦怦跳個不停，還是裝出若無其事的表情走到入口的自動門前。長長的走廊筆直通得老遠，兩側則有一間間類似飯店的房間。

我沿著走廊往前走，盡頭處也有個交誼廳，放了好幾張軟蓬蓬的單人沙發，還有供乘客自由使用的吧台。正前方是整扇落地窗，應該可欣賞瀨戶內海的美景，不過現在外面一片漆黑，什麼也看不見。由於房間裡十分明亮，玻璃成了大鏡面，映照出屋內的景象。

我走進交誼廳，把身子塞進一張沙發裡。

不過，我也不知該做什麼。只是左右張望，動個不停。鄰座讀書的客人對我說：

「第一次坐船？」

這位穿著筆挺西裝的先生，翹著修長的腿在看書，活像是從哪本名模雜誌跳出來的時尚紳士，最特別的是他下巴留的鬍子。

「對。超乎想像的豪華欸。我正在船上到處參觀。」

「那裡的飲料可以隨意取用。」

「不……其實我不是這一層的乘客。」

「別放在心上。我幫你倒吧。」

說完，這個人站起來，從吧台倒了飲料給我。

「謝謝。我叫做秋月。」

「你好，我叫和田。你是高中生吧。趁著暑假到大阪去玩？」

「不，不是的。我是去東京的歸途上。」

「東京？咦！那麼，你是坐新幹線到大阪嗎？」

「沒有，我搭便車。」

「哦?真有趣。我大學的時候,也曾經靠著搭便車橫越加拿大呢!現在的日本居然也有這樣的高中生啊,有點出人意料。」

和田先生好像有意跟我好好聊一下,他把書合好擱在膝上,轉身面對我。

「那麼,你要到哪裡去呢?」

「回熊本。」

「哇。你要去九州卻繞到四國來。我懂了,先到松山再從那裡到大分,是嗎?」

「是這麼打算。」

和田先生是位醫師。

他說去大阪出席研究發表會,現在正要回家。

年輕時的旅行和結識的機緣都會成為財富。

總之他也同樣認為,只要有機會的話,多去旅行是件好事。

在偶然結識的朋友幫助下，我才能從東京來到這裡，因此此刻，我能夠深深地領會和田先生的話。

這份經驗一定會成為我人生中無可取代的財富吧。

而且，也會是一輩子難忘的經驗。

想必到加拿大搭便車旅行，對和田先生來說也是同樣深刻的經驗。和田先生談起過往時，眼神閃著晶亮的光芒。

我離開了交誼廳。

回到下層的停車場，我想幫柳下叔打掃一下車子。但是從客艙內不准進入停車場。

我打消了念頭，走到甲板上。

夜裡的海面一片黑暗，靠在欄杆上往下望去，有種會被吸進海裡的錯覺。

雖然是盛夏時分，但迎面而來的海風吹了一陣之後，仍會有點寒意。我抬頭望天。

有生以來，我第一次看到這麼美的星空。

只有在沒有光的地方，才能看到這麼多繁星。第一次欣賞到真正的星空占據了我的心，我佇立在那兒良久良久。

此時，我也為這趟旅行即將到達終點，第一次感到些許寂寞。

第五天　一期一會

當下擁有的，才是最重要的。

現在這一刻，對每個人而言，分分秒秒都是無可取代的。

在家的時候、和父母交談的時候、和朋友共處的時候，都是這麼的珍貴。

絕對不要等到事物遠離再也找不回時，才覺得可惜，才有所警覺。

「各位旅客早安。本船預計將在三十分鐘後抵達東予港……」

房間陡然亮起來，一個有點黏稠的公式化男聲發送的船內廣播叫醒了我。打開枕邊的電燈，光線過於刺眼讓我睜不開眼睛。

習慣燈光之後，我爬下梯子，查看柳下叔的狀況。

簾子裡面，柳下叔還在昏暗中沉睡。

我逕自走到化妝室洗了臉回來。

天色已經完全亮了，昨天看不見的美景一一展現在眼前。

我再次走出甲板，呼吸室外的空氣。

從船上看見瀨戶內海的諸島嶼，想到這副景象也許自太古至今從未改變過，心靈彷彿也得到了洗滌。

回到客艙時，柳下叔的臥鋪還是一樣沒開燈，似乎還沒有起床的樣子。

我想這個時間應該叫他起床了吧。於是，小心翼翼地打開簾子，探看裡面的狀況。

柳下叔把毛毯緊緊拉到脖子，頭上冒出一顆顆汗珠，身體顫抖著像在惡夢中。

「柳下叔！柳下叔！你還好嗎？」

我搖一搖柳下叔的身體，想叫醒他。

「吵死了！我馬上就起來了，再讓我躺一會兒嘛！」

原來柳下叔並沒有作惡夢，他已經清醒了。但是身體似乎很不舒服。

我從自己的床拉下毛毯，蓋在柳下叔的身上。

「我去叫人來。」

說完，便跑出房間。我以為大叔會生氣罵我：「別做那種丟臉的事，笨蛋。」但他什麼也沒說，可能是身體真的很難過吧。

我朝著櫃台跑去，但到了半途停下腳步，轉身跑向樓上的高級客艙。

我和整理好行李，正從房間出來準備下船的和田先生撞個正著。

「哦，早啊，和也。」

「早安，和田先生。拜託你，請你跟我來一下，柳下叔情況不太妙……」

和田先生微一點頭，露出慈祥的表情，問我：

「在哪裡？」

看見他沉著篤定的樣子，我真的覺得找對人了。

和田先生在臥鋪旁蹲下。

「怎麼樣了？」

他溫柔地對柳下叔說話，同時若無其事地拉起他的手把脈。

「你是誰啊。」

意識朦朧間，柳下叔問道。但是我知道他說這話並不是不信任對方，一定是感到安心了吧。我竟然從柳下叔的表情中就能猜出他的想法，反而令我嚇了一跳。

和田先生立刻把手靠在額頭和脖子後方，測量體熱狀況，然後又觀察眼睛和口腔，一面對柳下叔說：

「我是醫生，別擔心。」

「為什麼醫生會來這裡？」

「我是和也的朋友。」

我站在後方注視和田醫師診療的過程，柳下叔抬起頭看著我說：

「小兄弟，你真是個奇妙的小子。為什麼會有個醫生朋友在這種地方？真搞不懂你。」

說完，他靜靜地閉上眼睛失去了意識，也許只是睡著而已。

「和也，你到櫃台去，把狀況告訴他們。請服務人員拿水和三條毛巾過來，最好再拿些冰枕。」

「好、好……」

我急忙朝櫃台跑去。

我從和田先生的醫院窗口眺望著田園的風光。從這裡看見的景色和熊本沒有什麼不同。只有農地盡頭的連綿山巒陡然拔高，看起來有點新鮮。

柳下叔的卡車暫時停在港口。我們三人坐了計程車去了和田先生開的醫院。

柳下叔一再喊著今天之內非把貨物運到才行。但是身體卻跟他唱反調，只能癱軟無力地隨著我們坐上計程車，看樣子可能病得不輕呢。

聽到開門聲我回頭，是和田先生進來。

「和田先生，柳下叔他……」

「嗯，熱度還是很高，不過應該沒問題吧。現在打了點滴正睡著。我想他一定忍耐著身體的不適繼續工作吧。別擔心，休息一段時間，應該就會痊癒的。不過我還是建議他最好做一次檢查。晚點我會幫他寫封介紹信，讓他到大學醫院去檢查。」

「真的嗎？太幸運了。」

「幸運的是他。如果沒有你在身邊，他也許就會一路開著卡車往松山去。到時說不定出了意外就糟了。恰巧遇到了你才得救的。」

「我第一次搭船，一時太興奮都沒留意到他的狀況。柳下叔的身體一定前一晚就不舒服了吧。從京都那會兒開始，他就沒什麼說話了。而且他也說平常並不會坐郵輪的。」

「你看吧。柳下先生覺得對你抱歉，可見他很掛記你呢。」

「我倒是無所謂。」

「別說這些了，你還沒吃早飯吧？要不要跟我一起吃？」

我看看錶，九點半了。

「和田先生，不打擾你工作嗎？」

「今天休診。」

也就是說不會有人上門。

和田先生開車載我走了十五分鐘，到一個高台上的咖啡館。從我坐的位子上，可將田園景色、港口和瀨戶內海一覽無遺。

和田先生吃完早飯，喝了一口咖啡。

「是嗎？柳下先生教了你那些道理？」

「對呀。對我來說真的很新鮮。該怎麼說呢？好像被人從後腦勺重重敲了一記。」

「的確會有這種感覺。我也覺得他說得非常正確。不過很慚愧，我也是到最近才終於懂得思考自己想要的是什麼。」

「怎麼會……。和田先生不是醫生嗎？想當醫生的人，從高中就得開始拚命用功才行。我的朋友當中，也有人立志學醫，他們一心一意地日夜苦讀呢。我一方面很佩服，同時也羨慕他們活在明確的夢想中。」

「不要羨慕別人。第一，你知道你的朋友為什麼想當醫生嗎？說不定就像柳下先生說的，他也是因為當醫生可以賺很多錢，得到社會地位，而且一輩子不愁吃穿等，戴著別人的眼鏡，而把它當成目標的。還有可能是他的父母趕鴨子上架，強迫他努力，所以他也只是戴著父母的眼鏡。如果真是如此，有一天就像柳下先生說的那樣，他會發現連活著都嫌噁心，而錯以為這個世界本來就是為了折磨他而存在也說不定。

「一般人把醫生與實現多年夢想的成功者畫上等號，是一種過於簡單的思維。說不定戴著別人的眼鏡長大，天天苦不堪言的醫生大有人在，而找到自己的眼鏡，過著快活日子的卡車司機也所在多有呢。」

「和田先生屬於哪一種呢？」

「我嗎？我高中的時候，老師對我絕望，認為我不可能考上大學。」

「你是開玩笑的吧！」

「我說真的。不過我還是勉勉強強地考上鄉下的私立大學。大學畢業的時候，心想這種學歷一般大企業也不會想要吧，所以就去參加教師資格考試。現在經濟不景氣，也許連考個學校老師都要擠破頭，但我那個時代還算容易。總之，我成了縣立高中的數學老師。」

「你以前是學校老師？」

「對。我做了好幾年老師。雖然說出來也沒什麼，不過數學方面倒沒有我解不開的問題。大學時代我就愛上到國外旅行，所以英文也馬馬虎虎過得去。那時候，我第一次想到，也許現在來考大學也滿有意思的。而且，我對老師這份差事，其實幾乎完全沒有熱情。

「我一直覺得對當時的學生很愧疚。

「我只不過是為了自己，為了找一張飯票，所以才從事老師這個職業。而最清楚這件事的人就是我自己。所以，事實上我也一直在尋找辭職的機會。後來我重考大學，進了醫學院，當然……」

和田先生啜了一口咖啡，停頓了一下。

「當然，我當醫生的原因，就像柳下先生說的，是戴著別人的眼鏡看世界。因為當醫生的話，社會地位比學校老師高，收入多，而且不用跟那些跋扈的年輕人衝突。更別說當醫生多神氣了。坦白說，我只是為了滿足個人的虛榮才選擇今天的工作。」

「你現在還這麼想嗎？」

「當然沒有啦。如果我現在還這麼想，就不會坐在這裡對你說這些話了。就因為現在不這麼想，才能坦白說出自己從前的愚昧。而點醒我的人是我母親。」

「你母親？」

「嗯，對。過了一段時間後，我連醫生都不想幹了。也許收入和社會地位都很高，從別人的眼光看起來，天天都過得很幸福。可是就像柳下先生說的，我的人生不再是我自己想要的，我開始追求別人所擁有的、追求別人羨慕的生活方式。我並不是因為自己想當才成為醫師，而是因為大家覺得醫生很偉大，所以才去當醫師的，坐上了高級名車也是同樣的理由。後來，我的心逐漸變得散漫。

「對病人感到煩躁不耐。

「我的工作不再是把人的身體治好，變得只會遵照書本對症下藥，賺取金錢。

「最厭惡自己這種行為的，不是別人，而是我自己。

「有一年過年，我若無其事地對母親說：『我在考慮要不要辭掉醫生這工作……』。你知道我母親怎麼說？」

「那一定是反對吧。」

「我也這麼想。我大概是希望她挽留我，才故意這麼說的吧。但是母親卻對我說：『在你找到自己的使命之前，去做點自己喜歡的事吧。等你找到了使命，再盡力發揮自己就行了。我相信你能做到。』我一聽，不自覺地流下淚來。

「我這才想起，母親一直以來都是這麼想的。

「我的心裡永遠只考慮如何讓自己幸福。但是，母親卻一直盼望著我能找到不同的生活方式。直到那一天我聽到了『使命』兩個字，才領悟到這一點。」

「使命……？」

「是的，使命。母親希望我做到的，是尋找自己能為這個社會盡一份力的地方。找到之後再為它竭盡全力。母親認為這才是幸福。她想告訴我，我這麼做才會幸福。

「我活在世上只為自己的幸福著想。

「當然，當老師的時候也會偽裝成為學生打算，當醫生之後也會假意為病人擔心。

「但是，結果呢？

「我完全無法感到幸福。

「聽了母親的那番話，我才開始認真思考，哪些事物是自己能力所能及的？

「然後，我不再想離開醫生這個行業了。我找到很多只有醫生才能做到的事。

「這時，我才恍然大悟。你十七歲時領悟到的事，我三十三歲那年才第一次領悟到。

「當一個人一心一意為別人服務的時候，才能真正感到幸福，不管有沒有得到報酬都無所謂。」

「我……我也是在這次旅行中學到了這個道理，但我的人生、未來該走哪條路，現在都還沒有決定，而且也才剛脫下戴了十七年別人的眼鏡。坦白說，別說是自己的使命，我連自己想做的事都還沒有找到。」

「你沒問題啦。只要找到想做的事，你一定能辦到。」

我苦笑了一下。對做什麼事都只是半吊子的我，不知道和田先生有什麼根據這麼說。

「為什麼你對我這麼有把握？」

「你有沒有見過剛出生的寶寶？」

「還沒有。」

「是嗎？下次你去看看。當你一直注視著他，心中會升起一種感覺，那就是這個孩子如同一張白紙。以後他會經歷種種事物，而經由這些經驗，不論什麼樣的人生他都能開拓。

「你會強烈感覺到，這個孩子蘊藏著無窮的潛力。」

「我似乎懂你的意思。」

「那麼，你覺得身為父母該怎麼做，才能引導出孩子的無窮潛力呢？」

「我看電視上說過，讓他聽古典音樂啦，盡可能在很小的時候讓他學習各種語言啦……」

「你覺得這麼做，大家就能發展自己的能力嗎？」

「倒也不是……好像不太對。」

「是啊。如果我們追蹤調查，看幼兒期學習許多才能，接受英才教育的孩子，長大之後是否會變得多才多藝，也許是個很有趣的研究。但我也認為未必會達到 預期的結果。也就是說，重點不在英才教育上。

「我覺得最要緊的是，什麼事物都不妨讓他嘗試，不用聽什麼音樂，讓孩子隨心所欲地去玩就行了。有了全心信賴的人在身邊，就能造就出發揮孩子才華的土壤啊。」

「全心信賴的人……」

「是的，還有另一個重點。它最重要，卻也最難做到。」

「是什麼呢？」

「那就是『等待』。」

「也就是說，身邊有個值得信賴、永遠等待的人嗎？」

「對了。只要有這兩個要件，孩子絕對能展露出才華。

「信賴的相反是管理。而『等待』的相反是追求結果。現在世間的母親花大筆金錢讓孩子從小學習各種才藝，美其名為『英才教育』。但是卻想管理孩子、要求成績、分數之類的結果。她們不願意信賴、等待。若是採取這樣的態度，不論從多小開始讓孩子聽莫札特都沒有意義。

「你不一樣，你有個願意信任你、等待你的母親。」

「可是我覺得，這次的事件後，母親不會再信任我了。」

「不會的。我剛才打電話到你家，我感受到你母親真的相信你，並且願意等待你。如果她不信任你的話，接到第一通電話，她只要說『你在那裡等我。』第二天一大早到東京去接你回家就行了。但她沒這麼做，而是讓你靠自己的能力回家。你的母親比你更盼望，這趟旅行能讓你學得更懂事，她相信你，所以默默等待著。」

「但是，我說了謊，欺騙了爸媽，才會淪落到這裡。我相信他們一定不會再信任我了。」

「你不用擔心。明年夏天你不妨試試看，告訴父母你還要再去一趟東京。他們一定會很愉快地送你出門的。他們不會因為這一點小事，就動搖對你的信任。

「你聽好，信任孩子，並不是把孩子說的話照單全收。

「有些父母聽到孩子說：『我沒做錯事，可是老師卻罵我』，就怒氣沖沖地跑到學校去。這種家長你覺得怎麼樣？」

「這些人太傻了。因為一看就知道是孩子在說謊嘛。」

「沒錯。而且孩子發現父母相信自己的謊話，還到學校去理論，孩子就會變本加厲，謊越說越大，最後連朋友都沒有了。還被周遭指指點點：『那家人有問題』。所以把孩子的話照單全收，並不是信任孩子。

「因為孩子經常在說謊。為了讓自己更有面子而說謊，為了保護自己而說謊。這種事稀鬆平常。當然，不只是孩子會說謊，大人也會說謊。我做過老師所以很明瞭，就算學校的老師為了保護自己，也是會說謊的。因為這是人性。了解這一點還能信任孩子，就十分重要了。」

「那麼，要信任孩子的什麼呢？」

「能力，還有成長。」

「能力與成長？」

「是的。父母要從心底信任孩子能從經驗中成長懂事。像是孩子雖然目前還未能找到自己的方向，但他絕對有能力憑著自己的力量找到。或是不管他說了幾次謊，但有一天他一定能成為一個受到眾人信賴的優秀之輩。父母要信賴的是這些。」

「還有，等待……。」

「對了。不要急於看到結果，而是耐心等待。我的母親信任等待，直到我三十三歲。因此，我才能下定決心成為母親期待的人。三十三歲才覺悟到底算是太晚還是太早，我不清楚。但是，對我母親而言，三十三歲並不晚吧。因此，她才會告訴我：你絕對做得到。

「你的母親也一直信賴著你。而且她正耐心等待著你成長後返回家門。「不要心急。帶著你母親對你的愛，多看看多聽聽，再好整以暇地回家就行了。」

我的眼中溢滿了淚水。

離開家第五天了。母親卻仍信任、等待著這個說謊離家的兒子。為了愛我的母親，我一定要學著更懂事再回家。

在這份寬大的愛包圍下，因著一連串的機緣而能來到此地，我深深感到幸福。

我請求和田先生讓我在東予港下車。

柳下叔真的待我太好了。

在足柄相遇之後，他不只是帶著我來到這裡而已，還幫我出一路上的飲食和船費。而柳下叔告訴我的話，更是改變我人生的至理名言。
但是，我卻沒有能力回報柳下叔。
我不知道自己做的能不能抵得上他給我的恩情，但我所能做的就是清理他的車子。
我向港口的人說明了情形，很快借來了打掃用具。
我要把車子洗得乾乾淨淨，讓柳下叔大吃一驚。
清洗卡車耗費的體力真是超乎想像的重。炎夏的太陽曬得我頭暈眼花，但還是沉著情緒繼續刷洗。
過了一個半小時。
我聽到一個聲音：「你是和也吧。」
回頭一看，是一位身材修長，有如模特兒般的女子。
金色長髮被海風吹拂著，從遠處緩緩走近的模樣，簡直就像是電影裡的情景。

「請問妳是……」

「我爸爸受你照顧了……」

「哦，妳是和田先生的……」

「什麼和田？我姓柳下啦。柳下千里。你好啊。」

「柳下叔的……？」

我想起光頭強悍的柳下叔。他跟眼前的女子一點也找不到相似之處。而且她叫爸爸的口吻也相當怪異，害我差點笑出來。

「柳下叔現在在醫院裡。」

「我知道。我剛才才去看他的。先別說這些，你動作快點。」

千里小姐用兩手把長髮束起來，用橡皮筋綁好，同時用下巴對我下達指示。

「把那些打掃用具拿回去還，你也要上車吧？」

她說著便打開駕駛座的門，輕巧地跳上去。

「嗄！妳會開卡車？」

「會啊。快點坐上來。爸爸要我把你送到松山去呢。」

我連忙把打掃用具還回去，坐進副駕駛座。

「我們不回醫院，直接去松山了嗎？」

「是啊。我得盡快把這些貨物送到松山去才行。」

「可是我還沒向柳下叔與和田先生道別啊。」

「反正我爸他也不喜歡這一套。而且爸爸再三叮嚀我，一定要好好照顧你。兩父女見面盡是說你的事，看起來好像對你相當欣賞呢。還要我跟你道歉，說他明明答應你了，卻沒辦法做到。」

千里發動車子。

我望著窗外遼闊的田園景色，驟然的離別帶來的傷感，掩蓋了結識他們的感恩之情，席捲過我的心。

隨著車體的搖晃，有個東西發出咔答咔答的聲音。

我轉頭一瞥，座位後方放著剛認識時柳下叔拿的盥洗用具。我拿出數位相機，想拍張照作為紀念。但我這才發現到一件事，忍不住噗哧笑了出來。

柳下叔是光頭，卻還用洗髮精。

「怎麼了？」

「沒事、沒事。哦，真不好意思，還特意載我一程。」

「別放在心上。只是順路嘛。而且，只有我一個人坐，還不如有個說話的對象，比較不會無聊。」

千里小姐也說了柳下叔剛見面時說的話。果真是一對父女。我不禁感到有趣。

「謝謝妳。不過，妳真是太厲害了。」

「哪裡厲害？」

「千里小姐也是卡車駕駛嗎？」

「才不是呢。我只是覺得也許哪天用得著，所以才先去考到駕照的。偶爾坐爸爸的車，以我的程度大概還可以跟他輪流開啦。不過沒想到居然在這種狀況下用上，自己也有點嚇到。」

千里小姐略略開心地說。

「柳下叔是今天早上跟妳聯絡的嗎？」

「不是。爸爸聯絡的是公司。正好我昨天打電話到公司，請爸爸回來之後打個電話給我。公司聽到爸爸病倒了打電話來，說車上還有貨要送，叫我過來一趟……。」

「原來是這麼回事。」

「結果，為了趕送貨，連跟爸爸好好說話的時間都沒有，就必須分別了。不過能見到他的面也算好。」

我注視著千里小姐的側面，呆住了。

「你說……分別……？」

「對啊，不是因為生病啦，別擔心。是我，我暫時不能跟爸爸見面了。」

「要結婚嗎？」

千里小姐斜瞪了我一眼，隱約帶笑。

「爸爸跟你說了什麼嗎？」

「他只說他有個女兒，為了男朋友離家出走了……」

千里嘆息似的苦笑。

「也是啦，用五秒鐘說明的話，也只能這麼說了。那他有沒有說，女兒的男朋友是美國人，現在兩個人在自己家裡開美語會話補習班，但是那男的因為簽證的問題，必須回美國去，那個混蛋女兒也要順便一起去美國？」

「欸……沒有。他沒說這麼詳細……」

「這個月底他的簽證就到期了，在那之前必須回到美國。本來想回去之前，讓他見見爸爸，跟他談一談。但是那個老頑固堅持不肯見面。算了，反正我早就知道他會這樣了。」

「柳下叔今天有沒有跟妳說什麼？」

「還不是那兩句：『不想聽！隨便你！』只差現在病了，躺在床上而已。」

「可是他對我說，『那個男的是個好人，也該是接納他們的時候』了呢。」

千里小姐的表情僵住了，她對我說的話沒有任何回應，但是看得出她的眼眶濕了。對千里小姐來說，這個答案應該出乎她的意料吧。

他們父女充分顯露出親子之間愛著彼此，想念著彼此，卻無法坦誠表現出來的那種僵持關係。

不，因為是別人家的事，才能這麼客觀。我問自己對母親能坦誠表現自己的感情嗎？恐怕也比柳下叔和千里小姐好不到哪兒去。

「妳有這樣的父親真是幸福呢。我只和他相處一天，就從他那兒得到活下去的勇氣，或者應該說是燃起了……」

「外國的月亮比較圓啦。」

「不管怎麼說，千里小姐會說英語耶。好厲害哦，我對英文最頭痛了。」

「哎喲，怎麼說這麼沒出息的話！沒有人學不會英文的。頭痛這種字眼只是為了逃避，其實是自己不夠努力罷了。我可不是說風涼話。到了美國就知道，連五歲的小孩都會說英文哪，跟頭腦好不好根本沒關係。」

我也覺得自己說的話很丟臉，只好聳聳肩。

這動作大概被千里小姐看到了，她瞥了我一眼，笑了。

「我明白啦。其實不瞞你說，我高中的時候也跟你一樣。高中畢業後去美國留學，在那邊待了六年，所以才能說得這麼流利。我是在你面前耍威風罷了。」

「不不，我真的覺得妳很了不起呢。會說英文只是一部分，另外高中畢業就有勇氣到美國留學，如果是我恐怕做不到……」

「我是逃走的。」

千里小姐打斷了我的話，猛然這麼答道。

「逃走……？」

「是呀。我只是逃走。當然，當時為了充面子，所以向大家宣布到國外留學。其實沒在日本上大學，跑去國外求學一點都不酷。」

「看起來很酷啊。」

「現在狀況怎麼樣我不清楚，不過在我那個時代，到國外讀書比在日本考大學容易得多。只要英文能力有一定的水準，多花點錢就可以去了。不過這個決定讓爸爸吃了不少苦頭就是了。」

「我很討厭高中這個地方。不只是高中，連國中我都討厭。」

「管理、管理、管理，一點自由都沒有。我讀的學校尤其嚴重。」

「只要一有風吹草動，馬上就被糾集到體育館罵一頓：這樣也不行，那樣也不行……

「不論我們問什麼，老師的教導根本不是為了我們。他們只是不想被外界批評，才這麼要求的。

「對於學校的成績，我完全不能接受。因為老師只會用數字來評價學生，他們說數字就是我們的實力。其實那些數字別說是實力了，根本什麼都不是。只是一個人主觀形成的印象罷了。尤其是我討厭的老師教的科目，我常覺得，如果不是他教，我的成績應該截然不同吧。」

「嗯，我懂，的確是這樣。」

「是吧？高中時候，大家都覺得那就是自己的實力。被老師批了低劣的成績，自己也都認同。那是一種自我催眠。像是『唉，我數學不行，所以……』但是大家都沒注意到，那只是一個人的意見而已。

「反正，也因為這層關係，我的成績達不到考大學的等級，所以才想出這個辦法——到美國留學。

「我越想像那個自由的國度越是嚮往。去留學的話，我只需要把英文念好就行了。而且我好想脫離這個令人窒息、層層管理之下的國家，到自由的國度去自由地生活。

「當時，我沒體認到自己只是單純地想逃離，只一心一意地認為這樣對自己最好。」

「我現在聽起來，也不覺得妳是逃走。」

「對高中生來說，聽起來也許是很夢幻的生活吧。但是，你知道實際上，在那邊等待我的是什麼嗎？」

「不是……自由嗎？」

「是歧視。在日本時從來沒有必要感覺到的、對人種的歧視。那是個與我想像有著天壤之別的世界。的確，也許可以叫它自由。可是，那裡讓我明白，我所描繪的自由只是對自己有利的自由罷了。」

「對自己有利？」

「是呀。比如說，你後年就要考大學了吧。你覺得考得怎麼樣才算成功？」

「我想應該是考上第一志願吧。」

「那麼，怎麼樣算失敗呢？」

「當然是沒有一間學校上榜啊。」

「對吧。但是平心而論，換句話說也就是結果對你有利，你會覺得成功了。而當結果對自己不利時，就覺得失敗。其實，你自己心裡應該很清楚，按照實力的結果是什麼吧。若是全都沒上榜，那並不是失敗，而是沒發揮出實力。每個人心裡都很明白這點。不只是考試，大家面對所有的事，都是把對自己有利的結果當作成功。

「我離開日本之後才明白的。因為追求不到對自己有利的結果，所以才逃離這裡。逃到美國去之後，卻更難得到對自己有利的結果了。」

「你後悔了嗎？」

「不會，我沒有後悔。因為那是我自己選擇的。我自己該對它負起責任，而且在那裡也交到朋友，讓我覺得在那裡生存下去比什麼都重要。日本沒有我的容身之地，所以我才去美國的，不是嗎？若是在那裡也過不下去，就算回到日本，原來的情勢也不會改變。所以我想，這次絕不能再逃走了。而且……」

車子轉入高速公路入口，千里小姐打開車窗，接過通行券。

「而且什麼？」

「而且，我領悟到更重要的事。這應該與你現在在學的知識相同。」

「學到了什麼呢？」

「我討厭日本的學校、日本人的想法，日本的一切我都討厭，才去美國的。可是，我卻出現了一個奇妙的變化。」

「奇妙的變化……？」

「在美國之後，我變得愛極了日本。日本的文化啦、日本人的想法、風土習俗，我全都熱愛，連以前討厭過的學校也不例外。

「舉例來說，靠著一己之力把教室打掃乾淨，我會覺得很驕傲。我很慶幸受過這種教育。

「你現在不也一樣嗎？其實我說的就是你原來生長之地，所有自己不可缺少的種種事物啦。

「但當時我一點也不感恩，只會抱怨，現在人家說什麼尋找自我之旅，聽起來冠冕堂皇，但那也不過是為了不傷自尊所找的藉口。我以為只要離開這裡，就能找到自己理想的生活，可是在那裡等著我的，卻是與自己理想更遙遠的現實高牆……，哈，這種話由自己來說，實在有點可恥。」

「別這麼說……但是，結果妳還是學會了英文，而且現在照我來看，妳過著令人羨慕的生活呢。」

「也對。所以從結果來看，我也覺得挺好的。有了那時候的經驗，現在我才能從事美語會話的工作，而且重新愛上日本，還找到了終生伴侶。不過，我可以很明白的告訴你，在那裡的六年，我天天苦讀，不眠不休地吸收各種知識，那些絕對是這裡同樣花六年時間讀大學進入職場的人無法相提並論的。

「最後我體會到，自己努力了幾分，才能幸福幾分。」

「自己努力了幾分，才能幸福幾分嗎？……」

我在心中反覆咀嚼著這句話。

在考試的高牆前，我在自己心裡準備了許多藉口來逃避，因此這句話現在聽來格外刺耳。但我感覺自己心裡有一股付諸行動的勇氣，正要沸騰起來。

「我回到日本之後，開始學習我們國家的各種知識。歷史、文化、政治、神社，或是寺廟，我全都讀通了。下個月要在美國開始生活，但是這次我會帶著日本的美好到彼岸去。

「雖然不知道我一個人能做到什麼，不過我想讓那邊的人知道日本人很了不起，日本是個好國家。哪怕多一個人知道也好。」

「就為了宣傳日本才那麼努力學習嗎？」

「當然啦。不過一開始也是自己單純地想求知。和也，像你們這些高中生，大概都覺得到美國留學，能說英語是一件很酷的事吧。」

「那當然酷嘍。」

「可是，會說英語一點都不酷，連邊都沾不上。重點在於說話的內涵，你懂嗎？」

「說話的內涵……？」

「是呀。到了美國，會說英語並不是什麼特殊才能，說英語是天經地義的事。但是一個人擁有別人所沒有的內涵，就算只會說隻字片語，不論在什麼環境他都能生存。相反地，縱使他把英語說得流暢自然，但內在卻是草包一個，便沒有意義了。你也是一樣，將來想去留學嗎？」

「想啊，當然有興趣。」

「嗯！很好。多到外面的世界去闖闖，你去了之後，就會了解我說的話了。

「對你有興趣的人，會想從你口中聽到有關日本的事物或文化。但是，如果到時你什麼知識都沒準備，只是一個為了磨練自己英文技巧而去的東洋人，別人是不會對你有興趣的。

「如果你想到國外留學，與其苦讀英語，不如多花時間把日本史或古代史學好，這對你絕對有幫助。我們國家的大官們為了國際化，要大家把英文學好，可是他們不知道，這離國際人還差得遠呢。

「英語這玩意兒，只要到了美國自然而然就會說了，沒去的話，就算學再久也學不會。還不如讓這個國家的所有人民，更了解、更喜愛自己的國家。到了國外，才能充滿信心地宣傳自己國家的好，這才是讓日本人成為國際人的方法。」

「聽了妳的話，真的很有道理。我以前懵懵懂懂的，都以為國際人就等於會說英語的人哩。」

「不過，別看我說得頭頭是道，在我去之前，也是這麼認為的呢。」

千里豪爽地哈哈大笑。

她的笑容和柳下叔有點相似。

驀然間，她板起臉孔正色地大聲說道：

「喂，少年仔！你是個日本男兒吧！別縮在這裡了。拿出自信走出世界吧！讓外國人看看日本人的優秀啊。交給你了，日本男兒！而且你還是九州男兒呢！」

「好。我明白了。」

「太小聲了！再說一次！」

「我明白了！」

「明白了就好。」

千里小姐再次縱聲大笑。

穿梭在山林間的高速公路前方，出現了一片廣大的平原。千里小姐說我們快到目的地了。

我望著窗外，心裡思忖著。

不久的將來，我也要像千里小姐那樣，離開父母到外地去。像哥哥那樣，一直待在父母身邊，也許也是一種生活方式，不過我不會選擇這種方式吧。

這麼說，我和父母一起生活的時間，也許只剩下一年了。

像千里小姐說的，等我離開他們身邊，就會懂得父母的恩情吧。也會得意地向別人介紹自己不太喜歡的鄉下點滴吧。

「尋找自我，不過是一種藉口。」

千里小姐的話一直縈繞在腦海中。

確實是如此。到最後，不管走到哪裡，我也仍是今日的自己。

我以前以為將來到了其他地方，自己就會變成另一個人。但是，現在我知道不管走到哪兒，那個人都是現在的這個我。

千里小姐告訴我，當下擁有的，才是最重要的。

她說的沒錯。現在這一刻，對我的人生而言，分分秒秒都是無可取代的。

以前我從來沒這麼想過，在家的時候、和父母交談的時候、和朋友共處的時候，都是這麼的珍貴。

事物遠離之後，才覺得可惜。

我絕對不要等到找不回的時候才有警覺，我用力地告訴自己。

最後，千里小姐又從松山把我載到八幡濱港口。

「喏，這是船票。終於要踏上九州了呢。」

「謝謝妳。對了，請幫我向柳下叔說，祝他早日康復。」

「知道啦。快上船吧。」

我再次向她道謝，搭上了船。

這艘客船和昨天一樣豪華，進入船內後馬上就經由手扶梯，到達類似大廳的地方。我立刻跑上樓梯，來到甲板上。

千里小姐靠在岸壁上，一動也不動。一發現我就揮起手來。

看來她要為我送別。

不久，郵輪緩緩地離開岸邊。

「謝謝妳！」

我扯開嗓門大喊，但是被郵輪引擎的聲音蓋過，可能無法到達千里小姐的耳邊。千里小姐只是笑著，不斷揮著手。

我流淚了。

我是怎麼了？好多年我都不曾在別人面前流淚。每次想哭，我就盡量壓抑情緒，把注意力轉移到其他事上，我明明討厭流淚的。為什麼看到送別的千里小姐，我就忍不住淚水呢？

一定是因為這一幕，我一輩子都不會忘記吧。

我想到的不只是千里小姐。

在機場遇到的田中阿姨；吉祥寺美容院的店長木原哥；還有田中阿姨的兒子雄太哥；厚木的太田警官；把我送到這裡來的柳下叔和千里小姐，以及在東予的醫師和田先生。

我與他們每個人的對話，在腦海中浮起又消失。

每一次都是我人生中無價的寶貴緣分。

一定會變成我一生無法忘記的美好回憶吧。

與這些美好的人們偶然相遇——不對，也許是必然的——但總之我們相遇，然後離別。

我在心底告訴自己，一定要與他們再見。

如果不這麼堅決地提醒自己，總覺得這麼美好地相逢後，就不會再有機會見到他們，心頭也糾結著難過起來。

傷心的情緒不但止不住，還越發難以抑制地泉湧而出，我忍不住放聲大哭。

為什麼我會遇到這麼好的人們。

這時，我第一次察覺到，我的淚也是感動的淚水。

是的，雖然臉上淌著淚，但我可以展顏微笑了。

這不是傷心悲哀的淚，而是對相逢的感動，以及感謝的淚。

我抬起頭，讓海風吹拂淚濕的臉。

不知不覺間，船已經走遠，岸邊只剩下朦朧的影子。

淚水很快就乾了，千里小姐的身影也已經看不見了。

「往前看吧。看著前方大步邁進吧！」

我的心如同萬里晴空般清澈。

每當人流下感動的眼淚時，許多複雜的心結也許都會消失。

現在我恍然覺得人生在世其實是相當單純的事，真是不可思議。

此時的我，真的這麼認為。

同一時間，我才注意到在我身旁，也有個人同樣在凝視著大海。

我狀似無心地朝他的方向看去，剛好那個人也朝我看來，與我四目交接。

他的眼睛也含著淚。

我不自覺地向他點頭。

「你的淚是蛻變成新人的預兆。而我的淚是找回舊日自我的記號吧……」

我確定那位老人是這麼說的。我會意不來，只好對他遞個笑臉回應。

老人也對我微笑。

「你雖然年輕，不過是個好人。在旅行途中嗎？」

「是的。」

「真好。我好久沒跟像你這樣眼光溫柔的年輕人說話了。莫非這是一趟自我成長的旅行？我猜錯了？」

「不，您沒猜錯。現在的我與幾天前截然不同了。」

「呵……也就是說，你碰到很多美好的遭遇吧？」

「您怎麼知道？」

「人如果沒有邂逅新的事物，就不會成長。以前的人都說想變得成熟，一向靠遭遇來決定。」

「您說的沒錯。我碰到了許多美好的遭遇。」

「那麼，這些遭遇給了你什麼樣的轉變呢？如果你願意的話，能不能告訴我這個老頭子？」

「唔——，解釋起來有點難，總之很多人教會了我很多事。」

我把從熊本到今天五天之間發生的事情，一五一十地說給老人聽。

老人姓三品，他興趣盎然地聽我把話說到最後。

「原來如此。難怪你會有這樣的神情，可想而知。」

「從我的神情看得出什麼嗎？」

「當然看得出來呀。年輕人有你這樣清澈的眼神，一定能改變國家。」

「這太誇張了吧……怎麼可能改變國家呢。況且，就算我不再是前幾天那個自以為是的我，但我也還沒決定以後該往哪條路走呢……」

「不要緊，就算再過一段時間你才搞清楚自己要走的路，也不算遲。現在你只要真誠地去面對自己喜愛的事就夠了，除此之外的事沒必要考慮。把重要的事放一邊，只顧著思索自己能做什麼，你就算想破頭也想不出來。」

「真誠地去面對自己喜愛的事嗎……」

我重複著他的話。

「是的。別看說起來簡單，其實很難做到。做自己想做的事需要很大的勇氣。不過重要的不是結果，而是面對它時所得到的感覺。」

我想起上高中時放棄的棒球。當初放棄棒球的原因，只有我最清楚。因為在國中棒球部時，先發資格被低年級搶走，成了候補球員，慘痛的遭遇實在太丟臉了。

所以，借三品老人的話，我放棄了去面對喜愛的事物。我胡謅了一個藉口，告訴周圍的人，對棒球已經沒有興趣了，因為沒有興趣，也不想再進步，所以先發資格才會被人搶走。用這個方式避開面對它的衝擊。現在聽到三品老人的話，我發現那麼做更丟臉。

但是，當時的我還沒有面對這種衝擊的勇氣。

我不得不承認，當時的我只是個心高氣傲，只要自尊心受到傷害，寧可從一開始就躲開競爭的膽小鬼。

「是啊，真的需要勇氣。即使現在，我也擔心自己能不能大聲說出自己的愛好，而不去在意結果，還要不在乎別人的想法堅持下去。」

「哈哈哈。你能承認這一點，就表示你已經過關啦。」

「如果我誠實地面對自己喜愛的事，並且堅持下去的話，我就能像這次旅行中遇到的那些人一樣，對自己的生活方式帶著自信活下去嗎？」

「嗯，應該可以吧。我想告訴你一個故事，你願意聽嗎？」

「好啊，請說。我現在好喜歡這樣的經驗。我想，今天能遇到老先生，一定也是為了受教於您。請告訴我。」

「呵呵呵，真是個好孩子。不過這裡有點冷，我們進去裡面吧。」

「好。」

我們在大廳擺設的桌旁，面對面地坐下。

「外頭還真冷呢……」三品老人說著，一邊把頭上的帽子摘下來放在桌上。

「人會在某一刻認識到自己的人生使命。現在這個時代，在你這個年紀認識自己的人生使命可能還太早。但是我年輕的時候，與你同樣歲數的年輕人，個個都領悟到自己的使命而活著。你知道為什麼嗎？」

「不知道。是不是以前的人比較早熟呢？」

「沒這回事。我跟你同樣年紀的時候還在溪裡游泳，做了很多現在高中生都嫌幼稚，所以不屑去做的事呢。」

「那麼，是什麼原因呢？……是因為受到那種教育嗎？」

「我不能否認這點。不過，至少我所受的教育，並沒有讓我得到誰交付的使命，而是自己迎向前去感受使命。

「答案是因為我清楚地感受到生命的有限。」

「生命的有限……？」

「嗯。使命的意義就如字面上的解釋，指的是自己的人生用於何處，該由自己來決定。

「還有，越是對自己生命的有限有著強烈認識的人，越是會思索自己的使命在哪裡。甚至可以說，沒有使命就活不下去。

「我在你這個年紀的時候，發生了戰爭。大家都不知道自己的生命還能活多久。有些人可能還不到半年就死了。在那個時代就是如此。

「我想，使命就是人們想讓有限的生命，永遠留存下來的作為吧。

「所以透過感受到自己生命的有限性，人們才能在使命感中覺醒。」

「如果你認真地想到自己的人生或許只剩五年，你會想用這五年賺很多錢嗎？你會想蓋一棟很大的房子嗎？肯定不會吧。

「因為在感受到生命的有限之後，還會把生命轉變為有限的東西嗎？沒有人會這麼想的。

「認真想到自己的人生也許只剩五年的時候，人們期望的是如何將這有限的生命，轉變為更久遠的事物。這就是使命。

「當然，你也明白，不管是五年，還是五十年，其實都沒什麼差別。

「同樣是五年，有人認為還有五年，但也有人認為只剩五年。

「五十年也是一樣。

「簡單地說，就是當人強烈感受到自己的人生有限，透過這個經驗，便會努力找出自己的使命。而感受度的強弱，也會決定一個人如何忠實地活出使命。大致是這樣。」

三品老人的話，對我來說十分困難。

但我可以理解。

我們生在幸福的時代，所以誤以為自己的人生可以長久地延續下去。不，也許應該說，我們知道生命是有限的，但只把它當成知識，而認為生命的結束是很久很久以後的事。

的確是如此。

所以，我們才會思考，把自己人生中的寶貴時間，用來多賺一點錢，住大一點的房子。即使知道它再怎麼樣也只是有形、有限的東西。但是實際上，就算我的人生能延續七十年，七十年也是眨眼間就過去了吧。

而那些能體認到生命有限的人，就算活在現在的時代，還是能找到自己的使命吧。

「您的意思是說，如果我改變了思考方式，我也能體認到使命，為它而活嗎？」

「哎，別那麼心急。今天已經真正來到一個和平的時代。沒有必要急切地去擁有使命。只要你誠實地面對自己想做的事，迎接它帶來的衝擊，總有一天你一定能自然而然地體會到生命的有限。到時候，你便會從心底期望將自己有限的生命，轉變為悠久的東西吧。

「你還年輕，這對你來說也許太過艱深。不過就像這趟旅行中你偶遇的人們，造就了現在的你一樣，以後若是你能珍惜每一段遇到的緣分，有一天自然就會瞭解這個道理了。到了那一天，你會恍然大悟：啊，原來這就是自己人生的使命。」

我的心底不知不覺湧出了勇氣。

不用著急。只要誠實去面對自己喜愛的事物，不斷去迎向它帶來的衝擊，珍惜與每個陌生人相遇的緣分。這種生存的方式，總有一天會帶領我找到自己的使命。

不需要什麼根據，在我心中已能深深地明白這個道理。

「我會在這裡的理由也是一樣的。藉著對你說的這些話，我也留下了無形的思想。

「就算我再長壽，過幾年也將離開人世。但是今日的記憶會永遠活在你的心中，成為你思想的一部分，再傳給下一個世代。於是我有限的生命，就在現在這一刻，拜你之賜轉變為永恆。人與人相遇的意義，就是如此重大。」

我無法言語，只能不住地點頭，專心地聆聽三品老人說的每句話。

心裡只有一個念頭，我要將他的想法變成自己的一部分。

「我有個朋友是因我而死的。

「這麼多年來，若是沒有必要，我從不向別人提起那件事。就算和別人說起時，我也都說他是為了掩護我而死的。

「但是，我不能對你說謊。

「戰爭結束後，每年我都會在他的忌日來看他。但我也到這個歲數了，今年我告訴他，也許這是最後一次。回來的船上，我卻遇到了與他有著相同眼神的你。

「是那傢伙引領你來見我的吧。對你來說只是萍水相逢，但是對我來說，卻是盼望了六十多年的再會啊。

「所以我不能向你說謊吧。是的，那傢伙在戰地上，一直鼓勵著陷入絕望的我，給我活下去的力量，他說我們要一起回日本。明明他可以把我放下，自己先逃出去的，但他堅決地拒絕了。最後敵人的子彈卻只擊中了他，而我，我的命……」

三品老人泣不成聲，淚水不住地流出來。

想必這是老先生多年來一直放在心中的遺憾吧。他背負的痛苦，沉重得連我都無法體會。

我沒有說話，只能和他一樣默默地流著淚。

船內開始廣播。

就快到大分了。

我噙著淚轉向三品老人。

「三品先生，難得有緣能認識您，我還想聽更多更多您的故事。所以，我還能再見您嗎？」

三品老人微笑地搖搖頭。

「今天，在我那天國的老友策畫下，而能與你認識。如果還有需要再見面的話，我的老友一定會再讓我們在哪裡相逢吧。所以，我就不留下連絡方式了。」

淚水再度模糊了我的視線。三品老人站起來，伸出手。

我抽噎著握住他的手。

三品老人向我微笑，表情似乎開朗了起來。

他湊近我耳邊，小聲地對我說：

「這是你的時代。自由地、自由地活著吧……」

我不斷用力點頭。

「好啦。」

三品老人退後一步，拿起桌上的帽子，以慣用的手勢戴在頭上，輕按了按帽緣，對我點頭悄聲說：「再會吧。」說完，便走下樓梯，往下船口走去。

我無法舉步去追，只能呆立著凝望他的背影。

之後，我下樓去尋找三品老人的身影，卻再也找不到了。

下了船之後，我也在四周尋找，但是連個相似的人影都沒看到。

老人幾分鐘之前還在眼前與我說話，轉眼間就消失了蹤影，我不禁有種不可思議的感覺，無法判斷我與三品老人的相遇，究竟是夢還是真。

應該不是夢境。但是如果周遭的人都告訴我「沒有看見那樣的老人哦」，也許我會懷疑起自己的記憶。

半夢半醒地，我走出了候船室。

原本我打算在船上的兩個半小時間，尋找可以從大分帶我到熊本的人。但和三品老人的相遇，打亂了整個計畫。

走出候船室，我又尋找了一會兒，不過還是找不到。

我必須調整一下心情了。

「沒關係，只剩一點點了。」

就在我下定新的決心時，我的旅行卻在毫無前兆之下倏然結束了。

因為候船室外，大哥已經開了車來等在那兒。

「嗨，歡迎回家。你還真的一個人找到路回來了啊。」

看來是千里小姐擔心我，所以給我家裡打了電話。而接電話的正好是在家休假的大哥。

「嗯……」

看到如果在五天前我一定歡天喜地的畫面，現在心裡卻只有傷感。改變我人生的旅行結束了。

而且連回味的時間都沒有……。

「怎麼啦你？你大哥我專程跑來接你，我還以為你會很高興哩，結果怎麼哭喪著臉啊？」

大哥相當不快地說。

我的表情應該充分表現出不樂意見到特地來接我的哥哥吧。我對自己的臭臉一向很有自信。

我盡可能擠出最大的笑容，向大哥道謝。

「沒那回事啦。謝謝你了。大哥。」
「好吧算了，快上來吧。爸和媽都在家裡等你呢。」
「嗯……」

我說完這五天經過的遭遇時，車外的景物已經大都變成熟悉的景象了。
大哥剛開始輕鬆地發出連連驚嘆追問著後續，到了半途臉色便漸漸正經起來，只是不斷地點頭。大哥心裡產生了什麼變化，我不得而知。
但是，我想這次如同夢幻卻又真實的經歷，似乎也或多或少地對大哥造成了影響。因為一個月之後，他突然辭去工作，決定到東京去。
我在車裡時只問了大哥一個問題。
「哥，你是不是誠實地面對自己想做的事而活著呢？對自己想做的事沒有說過謊嗎？」
大哥抿嘴一笑，說了聲：「不知道耶……」便靜默不語了。

終於回到家門，老媽笑臉出來相迎。

「回來啦。」

老媽手扠在腰上，跨著馬步站在門口，笑咪咪地盯著我看。過了一會兒她說：

「你變成熟了呢。」

我好不容易培養勇氣，決定一到家就要把該說的話說出來。

然而真的到了這個時刻，好像又快敗給不爭氣的自己了。然而最後，我還是克服了心中湧出的複雜情緒，大聲地說出口：

「媽，對不起，我說謊讓妳擔心了。」

媽媽雖然哈哈大笑，但立刻轉過身，往廚房走去。

看著她的背影，我就知道她一定是流下放心的淚了。

「就是嘛，真受不了你，只會讓人操心。不過，你看起來成熟多了呢。

別杵在那裡，快進來呀。我幫你準備吃的。還有……謝謝你寫的信。」

我的淚奪眶而出，今天真愛哭啊。

不過，我覺得自己變堅強了。

從小學以後，我沒再說過「對不起」這三個字。

並不是因為我沒做過錯事，而是沒有說「對不起」的勇氣。

回想起來，這是我第一次對媽媽說對不起。

從這一點來說，也許我真的改變了。

走進客廳，爸爸坐在老位子上喝著啤酒。

本來料定一定要被狠狠罵一頓的，但爸爸什麼也沒說，只是笑著。

那天晚上據大哥說，爸爸對我的事只是笑笑說，那小子也十七歲了，

不久之後考上大學，就會離開家。趁這次旅行累積一點自力更生的信心也不錯。隨他去吧。

時隔多日地吃到了媽媽做的晚餐。
雖然有點不好意思，但我誠心地合掌說：「謝謝媽。」
母親喜孜孜地說：「快吃吧。」
然後，時隔多日地在家裡的浴室洗了澡。
這一刻，我才深深地感受到，終於回到家了。
我把浴室和更衣間都打掃了一遍，這是從前從未做過的事。
因為我不想忘記在與那麼多人相識時學到的一切。
洗完澡，我回到二樓自己的房間。
桌上各擺了一封信和一張明信片。
信是川崎的田中阿姨寫來的。明信片的上半部是照片，畫面中是一位美麗女子與太田警官開心的合照。下面只簡單寫著幾個字：
「一定要再見哦。」
後面則以附記的方式寫道：

「她是我的未婚妻。」

我打開田中阿姨寫來的信。

然後躺在床上，讀起阿姨的信。

信中一再訴說著對我的感謝。她說與雄太哥已經見到面了，以後應該會常常相聚。

我從背包裡拿出相機，找出和阿姨拍的兩張照片。

才不過前幾天發生的事，但感覺卻像好久以前的回憶。

不知不覺地，我睡著了。

我夢到一個很真實的夢，夢見我在夜裡清醒，坐在桌前寫信給阿姨。

第二天我再醒來時並沒有找到那封信，才恍然發現原來那是個夢。

那天之後……

三天後，暑假結束了。

我在學校遇到一成不變的夥伴，從一成不變的對話開始了日常的生活。

「回頭想想，暑假真是一眨眼就過了呢。」

「真的。雖然沒見到你們有點寂寞，不過，想到又要開始每天念書的日子，就提不起勁來。」

耳邊聽到這樣的對話。

「對吧，和也。」

我轉過身，堅定地宣告：

「我決定這一年拚一拚去考大學。所以，我很高興開學了。」

我變了。

我的朋友馬上就注意到我的變化。有的人困惑，有的人歡迎。

有人說：「幹嘛，突然轉性啊？現在才拚也來不及吧。」

也有人說：「這麼早就開始拚，小心累壞哦。」

大家的心理，我全都了然於胸。從前的我也是說風涼話的那群人。當有人發下豪語要專心課業，心裡便惴惴不安。為了拂去這種不安，最好的方法就是唆使他不要努力。

只要多一個無所事事、原地踏步的夥伴，就覺得安心一點。

其實心裡很清楚，這麼做一點意義都沒有。

所以，其中也有這種朋友。

「是嗎？和也如果想認真拚的話，我也順便一起拚好了。」

一個朋友問我：

「為什麼突然開始想用功了呢？」

我笑著這麼回答：

「以前我怕拚了還是失敗很丟臉，所以一直不敢努力拚。但是，我現在覺得因為怕輸而逃避很沒種。不逃避而去面對它才是真正有膽量的作為。不管結果我的成績能不能到達水準，我都不想逃了。」

「你已經決定要考哪個大學了嗎？」
「既然要拚，那當然是東京大學。」
我的大言不慚，果然沒有人當真。大家都以為是開玩笑，呵呵笑了起來，我也笑了。不過，我是真的決定不再逃避，要去面對迎來的挑戰。
「怎麼，那個吹牛大王又來了呀。」
史彌從教室後面走進來。
「哦，史彌。也許到最後證明，我只是在吹牛。不過我是認真的。而且這一切還是拜你所賜咧。」
史彌顯得有點不知所措。
「拜我之賜……？不懂你在說什麼，管它的。倒是你還記得嗎？有沒有把去迪士尼樂園的照片帶來？」
「哦，那個啊。」

「對，就是那個。」

「那個是我騙你的。」

「你們看吧！果然在說謊吧。」

史彌高聲嚷著，宛如剛取下妖怪首級般得意。

「不過呢，就因為那個謊話，後來出了大事，我的人生也為之改變了。」

「什麼、什麼，怎麼回事？」

同學們全都圍到我的身邊來。

接下來我要說的事，他們又會相信幾成呢？

「看這個。」

我把自己板著臉跟米奇老鼠照的照片，秀給他們看。

後記

旅行是人生的轉捩點，
所有看起來偶然的相遇，都是必然的。

遇到期盼成功的年輕人提問：「想要成功需要什麼？」我們常會反求諸己：「必須更加努力。」但是，世人眼中的所謂成功人士如果聽到這樣的問題──「成為你這樣的人需要什麼？」他們全都會異口同聲地這麼回答：「我的成功歸功於結識新朋友，他們是我成功的貴人。」

也就是說，幸福、成功都是別人送來的。

不只是如此，一個人展露自己無窮的潛能，也是因為認識了適當的人。

人生的成敗決定在你結識了什麼樣的人。

而且並不一定要認識名人或世人眼中的精英。

不少生活中的萍水相逢，也會成為改變人生的轉機。不，應該說九成的相逢都是如此。

人生的大轉變、與終生伴侶的相識，一開始都是這種偶然的邂逅所帶來的。

只是，每一次的邂逅看起來也許都像是偶然發生，但從「現在」這個時機點回首過去，仔細地看看每次邂逅，你會發現它都是成就今天的自我不可欠缺的必然要素。

也就是說，所有的相逢都是因為我們需要，才會發生的經歷。

「所有看起來偶然的相逢，都是必然的。」我是這麼想的。

如果真是這樣，那麼自己主動出擊去尋找相逢，應該就能開拓更寬廣的人生。從這層意義來看，旅行就成了讓人生更美好的相逢場所了。

當然從旅行中獲得的不止於此。

到國外旅行才會發現日本的長處、日本文化的美妙。

從非常軌的世界觀察自己的生活，會有很多體悟。過去許多偉人就是這樣找到了自己的使命。

他們從旅行中發現了自己的人生應該用在什麼地方。

換句話說，人藉由從非生活的場域觀看自己生活場域的經驗，有了新的領悟、對日常生活的感恩，甚至還能從中明白人生的使命。

旅行是改變人生的轉捩點。

人兩手空空地出生，來到這個世界。

但是在世間一年一年的生活積累中，不知不覺地獲得了許多東西。總之，人雖然出生時沒有帶著任何東西，但是在人的心裡卻已具備了創造各種事物的能力。

所有人都擁有創造各種事物的能力。

那就是「想像力」。

現今的時代，每個人都必須具備「生存力」。

而「生存力」其實就是「想像力」。

不論處於什麼世道，不論在什麼的狀況，我們眼下能做的事有無限多。問題在於自己是否培養出無窮的想像力。

即使不論世界如何變化，當有一天自己掌握的一切都消失，只要好好發揮人與生俱來的無限想像力，就能明白現在的自己能做的事無限多。

而這樣的人便能拓展未來、開創新時代。

在這個故事中，一個年輕人透過旅行，與一群平凡人相遇，而從他們的日常生活中，得到審視自己生活的機會。而在這段過程中，他同時也學

到了「生存力」。

我們的人生也和他相同。

人生是一連串不按計畫出現的意外。在這當中，我們與許多可愛的人相遇、離別。在一再重複的經驗中得到體悟。

身為作者，哪怕只是多一個人能經由這本書，開始積極地尋求與他人相遇，並且磨練與生俱來的「生存力」，我便感到無比的喜悅。

最後，這部作品真的是靠著許多朋友的緣分才能完成，送到各位讀者的手中。在此，我要向參與本書的所有人士，以及讀到最後的讀者們，致上我最誠摯的謝意。感謝各位。

二〇一〇年一〇月　喜多川泰

故事盒子45

熊本少年
一個人的東京修業旅行

從謊言開始的旅程（三版）

作　　者　喜多川泰
譯　　者　陳嫺若

野人文化股份有限公司
社　　長　張瑩瑩
總 編 輯　蔡麗真
副 主 編　徐子涵
責任編輯　余文馨
專業校對　魏秋綢
封面設計　莊謹銘
行銷企劃經理　林麗紅
行銷企劃　蔡逸萱、李映柔

讀書共和國出版集團
社　　長　郭重興
發行人兼出版總監　曾大福
業務平臺總經理　李雪麗
業務平臺副總經理　李復民
實體通路組　林詩富、陳志峰、郭文弘、王文賓、賴佩瑜
網路暨海外通路組　張鑫峰、林裴瑤、范光杰
特販通路組　陳綺瑩、郭文龍
電子商務組　黃詩芸、李冠穎、林雅卿、高崇哲、沈宗俊、吳眉姍
專案企劃組　蔡孟庭、盤惟心
閱讀社群組　黃志堅、羅文浩、盧煒婷
版權部　黃知涵
印務部　江域平、黃禮賢、李孟儒
出　　版　野人文化股份有限公司
發　　行　遠足文化事業股份有限公司
地址：231新北市新店區民權路108-2號9樓
電話：（02）2218-1417　傳真：（02）8667-1065
電子信箱：service@bookrep.com.tw
網址：www.bookrep.com.tw
郵撥帳號：19504465遠足文化事業股份有限公司
客服專線：0800-221-029
法律顧問　華洋法律事務所　蘇文生律師
印　　製　成陽印刷股份有限公司
初　　版　2012年06月
二版首刷　2017年05月
三版首刷　2022年07月

ISBN　978-986-384-723-6（平裝）
ISBN　978-986-384-753-3（PDF）
ISBN　978-986-384-754-0（EPUB）

國家圖書館出版品預行編目（CIP）資料

從謊言開始的旅程：熊本少年一個人的東京修業旅行／喜多川泰作；陳嫺若譯. -- 三版. -- 新北市：野人文化股份有限公司出版：遠足文化事業股份有限公司發行, 2022.07
面；　公分. --（故事盒子；6045）
譯自：「また、必ず会おう」と誰もが言った
ISBN 978-986-384-723-6（平裝）
861.57　　111006530

從謊言開始的旅程
線上讀者回函專用QR CODE，你的寶貴意見，將是我們進步的最大動力。

野人文化 官方網頁　　野人文化 讀者回函